光文社古典新訳文庫

にんじん

ルナール

中条省平訳

kobunsha classics

光文社

Title : POIL DE CAROTTE
1894
Author : Jules Renard

『にんじん』目次

にんじん

ファンテックとバイ[1]に捧ぐ

1　ルナールの長男、長女の愛称。

にわとり

「間違いない、オノリーヌが鶏《とり》小屋の戸を閉め忘れたのよ」ルピック夫人がいった。

そのとおり。窓から外を見れば明らかだ。遠くの、広い中庭のずっと奥に、にわとりを入れる小屋があって、闇のなかに、開いた戸の四角い形が黒く浮かびあがっている。

「フェリックス、閉めに行ってくれる?」ルピック夫人は、三人の子供のうち長男に聞いた。

「にわとりの世話をするのは僕の役じゃない」色が白く、ものぐさで、臆病なフェリックスは答えた。

「じゃあ、エルネスチーヌは?」

「あら! ママ、怖いわ!」

兄のフェリックスと姉のエルネスチーヌはほとんど顔も上げずに答えた。ふたりは本を読むのに夢中で、テーブルに肘を突き、頭と頭をくっつけそうにしていた。

「わたしったらばかね！」ルピック夫人はいった。「すっかり忘れてたわ。にんじん、にわとり小屋を閉めてきなさい！」

彼女は末っ子をこのあだ名で呼んでいる。髪の毛が赤茶けて、肌がそばかすだらけだからだ。テーブルの下でなにやら遊んでいたにんじんは立ちあがり、おどおどした様子を見せた。

「でもママ、僕だって怖いよ」

「なんですって？」ルピック夫人はいい返した。「こんなに大きくなって！　笑わせないでよ。急いで、早く行きなさい！」

「この子はね、山羊みたいに勇敢なのよ」とエルネスチーヌがいう。

「なんにも怖いものなんかないさ」フェリックスがつけ加える。

ふたりのお世辞に気をよくしたにんじんは、その言葉に恥じないように、ひるむ心と戦っていた。母親は最後の弾みをつけるため、早くしないとぶつわよと脅した。

「明かりぐらいつけてよ」にんじんはいった。

ルピック夫人は肩をすくめ、フェリックスはばかにしたように笑った。エルネスチーヌだけが可哀《かわい》そうに思い、蠟燭《ろうそく》を持って、廊下の端まで弟を見送った。

「ここで待ってるからね」とエルネスチーヌ。

だが、姉はすぐに怖くなってそこから逃げだした。強い風が吹いて蠟燭の火を揺らし、消してしまったからだ。

にんじんは、尻を強《こわ》ばらせ、足を地面にはりつけたまま、闇のなかで震えだす。闇はひどく深く、目が見えなくなったみたいだ。ときどき強風が冷たいシーツのようににんじんを包み、さらっていこうとする。狐《きつね》たちや、狼《おおかみ》までもが、にんじんの手の指先や頰《ほ》っぺたに息を吹きかけてくるようだ。こうなったら、頭から突っこみ、当てずっぽうで鶏小屋めがけて突進し、暗闇をつき抜けるほうがいい。手探りで戸の掛け金を摑《つか》んだ。にんじんの足音に驚いためんどりが、止まり木の上で暴れ、鳴き声を上げる。にんじんは鶏たちに叫んだ。

「静かにしてくれ、僕だよ！」

そして小屋の戸を閉め、一目散で駆けだした。息を切らせ、ちょっと得意に思いながら、明るく温かい部屋に帰りつくと、泥と雨で重く濡《ぬ》れたぼろ着を、軽くて新しい服に着替えた心地がした。微笑《ほほえ》みを浮かべ、背筋をしゃんと伸ばし、誇らしげに褒め言葉を待ちながら、危機を脱した余裕で、母と兄たちの顔に心配の跡が見えないかと探っている。

だが、兄のフェリックスも姉のエルネスチーヌも黙って読書を続けるばかりだ。ルピック夫人はそっけない口調でいった。

「にんじん、これから毎晩、鶏小屋を閉めに行くのよ」

やまうずら

いつもどおり、ルピック氏はテーブルの上に獲物袋の中身をあけた。二羽のやまうずらだ。兄のフェリックスが壁にかかった石盤に、やまうずら二羽と書きつける。彼の役目なのだ。子供にはそれぞれ役目がある。姉のエルネスチーヌは獲物の皮を剝いだり、鳥の羽根をむしったりする。にんじんはといえば、死にかかった獲物の息の根を止める係をいつかっている。冷たく無感動な心の持ち主だから、と特別な役を割りふられたのだ。

二羽のやまうずらは首を振りながら、じたばた動きまわる。

ルピック夫人「さっさと殺しなさいよ」

にんじん「ママ、今度は僕を、石盤に書く係にしてよ」

ルピック夫人「お前の背《せい》じゃ石盤に届かないもの」

にんじん「じゃあ、羽根をむしる係がいい」

ルピック夫人「男のやることじゃないわ」

にんじんは二羽のやまうずらを摑《つか》む。ご親切にもいつもの指示が下される。

「しっかり締めるのよ。いい、首のところを、ぎゅっと下から上へ向けて」

にんじんは両手に一羽ずつ持ち、それを背中に隠すようにして、仕事を始めた。

ルピック氏「二羽いっぺんか、さすが大したやつだ！」

にんじん「早く済ませたいからだよ」

ルピック夫人「いい子ぶってるだけよ。心のなかじゃ楽しんでるくせに」

やまうずらは体をぶるぶる震わせながら抵抗し、羽をばたつかせ、羽毛を飛びちらせる。ぜんぜん死にそうもない。相手が友だちだったら、片手でもっと簡単に締め殺せるだろうに。やまうずらを膝で挟んでしっかりと押さえ、顔を赤くしたり白くしたり、汗びっしょりになって、何も見ないように顔を上にあげて、さらに強く締めつける。

だが、こいつはしぶとい。

早く始末しようとやっきになって、にんじんはやまうずらの脚を摑み、頭を尖った靴の爪先に叩きつけた。

「すごい！　まるで殺し屋だ！　殺し屋だよ」フェリックスとエルネスチーヌが囃《はや》したてる。

「やりすぎよ」とルピック夫人。「かわいそうなやまうずら！　わたしは、にんじんに捕まって、あんなふうにされるのは絶対にいや」

ルピック氏はベテランの狩人《かりゅうど》だが、気分が悪くなって外へ出てしまった。

「終わったよ！」にんじんは死んだやまうずらをテーブルに放りだした。

ルピック夫人はやまうずらを何度もひっくり返して見た。小さな頭がつぶれて、血が流れ、脳みそもすこしはみ出ている。

「途中でやめさせたほうがよかったわ。台なしじゃないの」

フェリックスが答えた。

「たしかに、いつもより下手くそだったな」

犬

ルピック氏と姉のエルネスチーヌは、ランプの下で肘をついて、父は新聞を、娘は高価そうな本を読んでいる。ルピック夫人は編み物、兄のフェリックスはストーブで足を温め、にんじんは床に座って考えごとをしている。

玄関の靴拭きマットをかぶって寝ていた飼い犬のピラムが、突然、鈍い唸《うな》り声を上げた。

「しいっ！」ルピック氏が注意する。

ピラムはさらに大きな声で唸った。

「ばか！」とルピック夫人。

するとピラムがいきなり吠《ほ》えたので、みんなはびっくりした。ルピック夫人は胸を手で押さえた。ルピック氏は歯噛《が》みしながら、犬をじろりと見る。フェリックスは犬を罵ったが、吠え声はうるさくなるばかりだ。

「やめろ、ばか犬！　黙れったら、ちきしょうめ！」

ピラムはさらに大きな吠え声を上げる。ルピック夫人は平手打ちを食らわせ、夫は新聞で叩《たた》き、それから足で蹴《け》った。ピラムは蹴られるのに怯《おび》えて、床にぴったりと伏せたが、鼻面を低くしながらも、吠えつづける。逆上して、口をマットに押しつけているため、吠え声がびりびりと割れるようだ。

ルピック一家は怒り狂った。全員立ちあがって攻めたてたが、犬は伏せたまま、頑としていうことを聞かない。

窓ガラスが軋《きし》み、ストーブのパイプが震え、ついにエルネスチーヌが金切声を上げた。

いっぽう、にんじんは命令されたわけでもないのに、外を見に行った。帰りの遅くなった日雇い労働者らしい男が通りかかり、静かに帰宅の道をたどっていく。泥棒するために庭の塀をよじ登るつもりではないだろう。

にんじんは長く暗い廊下を進み、扉のほうに手を突きだして歩く。差し錠を探り、がちゃりと音を立てて引くが、扉は開けない。

以前だったら、危険をものともせず、家の外に出て、口笛を吹き、歌を歌い、足を踏みならして、敵を威嚇しただろう。

だが、いまは計略を用いるのだ。

両親は、にんじんが勇敢にも戸外の隅々を見てまわり、忠実な番人のように家のまわりを巡回すると思っている。だが、彼はまんまと両親を欺き、扉の陰に張りついたままでいた。

いつか見つかってとっちめられるだろうが、ずいぶん前からこの策は成功している。心配なのは、くしゃみをしたり、咳《せき》をしたりすることだ。息をひそめ、扉の上部にある小さな窓から、三つか四つの星を眺めている。星の澄みきったきらめきを見ていると、体が凍りつきそうに思えてくる。

だが、もう戻ってもいいころだ。お芝居は長すぎてはいけない。怪しいと思われたらおしまいだ。

にんじんはふたたび骨ばった手で重い差し錠を動かした。錆《さ》びついた留め金が軋むと、今度はわざと音を立てて、差し錠を奥まで叩きこんだ。この音で、みんなはにんじんが遠くから帰ってきたと思うだろう。あの子はちゃんと仕事を済ませたんだ！

背中の奥がくすぐったいような感じになり、にんじんは家族を安心させに飛んで帰った。

だが、前回と同じく、にんじんがいないあいだにピラムは吠えるのをやめ、安心したルピック一家はそれぞれ決まった場所に戻っていた。誰も何も聞かなかったが、にんじんはいつもと同じようにこういった。

「犬が寝ぼけていたんだね」

悪い夢

にんじんはお客が来るのが嫌いだ。お客は邪魔だし、にんじんのベッドを占領するので、にんじんは母親と一緒に寝る羽目になる。ところで、にんじんは昼間も欠点だらけだが、夜はとりわけいびきをかくという欠点がある。わざといびきをかくとしか思えないほどだ。

八月でも冷えこむ広い寝室には、ベッドが二つある。ひとつはルピック氏のベッドで、もうひとつには、にんじんが寝る。母親の横の隅っこのほうで。

眠りに就く前、にんじんは布団のなかで何度も咳払《せき》いをして、喉の通りをよくする。だが、いびきをかくのは鼻ではないか？　そこで、鼻の穴から静かに空気を出してみて、鼻が詰まっていないことを確かめる。呼吸を強くしすぎない練習もする。

だが、眠ったとたん、いびきが始まる。どうしようもないのだ。

ルピック夫人はただちに、息子のお尻のいちばん丸々したところに二本の指の爪を突きたて、血が出るほどつねる。このやりかたが彼女の好みだ。

にんじんの悲鳴でいきなり目を覚ましたルピック氏が尋ねる。

「どうした?」

「悪い夢でも見たんでしょう」とルピック夫人。

それから夫人は乳母のように子守歌をやさしく歌ってやる。インドの歌らしい。

にんじんは、壁に額と膝を突きやぶりそうな力で押しあて、両手でお尻を覆う。鼻が震える最初の音と同時に襲いかかってくる爪の攻撃に備えるのだ。そして、大きなベッドのなかでふたたび眠りに就く。母親の横の隅っこのほうで。

ひどい話

こんな話をしていいものだろうか？　ほかの子供が初めて聖体を拝領して、心も体も浄《きよ》くなる年頃に[2]、にんじんにはまだ汚れたところがあった。ある夜のこと、我慢しすぎて、いいだす機会を失った。

すこしずつ体をよじって、いやな感覚を抑えこもうとした。

まあ、無理な話だ！

また別の夜、夢のなかで、道端の石からすこし離れ、ちゃんと場所を定めたつもりで、眠ったまま何も知らずにシーツのなかにしてしまった。そして、目を覚ました。

驚いたことに、道端の石はなかった。

ルピック夫人は怒ったりしない。穏やかに、やさしく、母親らしく、始末をしてくれる。そして、朝が来ると、にんじんは甘やかされた子供のように、ベッドから出ずに朝食をとる。

そう、ベッドまでスープを持ってきてくれたのだ。手のかかったスープで、ルピック夫人はそこに木の匙《さじ》ですこし混ぜこんだのだ。そう！　ほんのすこしだけ。

枕もとでは、兄のフェリックスと姉のエルネスチーヌが狡猾《こうかつ》そうな顔でにんじんを眺め、合図があったらすぐに大声で笑う用意をしている。ルピック夫人はひと匙ずつ、ちびちびと息子にスープを飲ませる。横目で、フェリックスとエルネスチーヌにこういっているらしい。

「いいかい！　準備はできたわね！」

「うん、ママ」

いまからもう、ふたりは弟のしかめっ面を思いうかべて、にやにや笑っている。できれば隣の住人たちも招待したいところだ。さて、ルピック夫人は最後の目くばせで、こう尋ねる。

「いいわね？」

2　聖体とはキリストの身体と等価だと見なされるパンのこと。ミサでこの聖体パンを拝領する（食べる）ことはカトリック信仰の最重要事である七つの秘跡に含まれる。初聖体拝領は、七、八歳ころに行われる私的なものと、一〇歳から一二歳ころに行われる公的なもの（信仰告白）とがある。

ゆっくり、ゆっくりと最後のひと匙をもちあげ、大きく開いたにんじんの口の奥まで運び、押しこみ、流しこみ、さも不愉快そうに嘲笑《あざわら》いながらいった。

「あらまあ！　汚い子だねえ、飲んじゃったわ、ほんとに。それも自分のを。昨日の夜のを」

「そんなことだろうと思ったよ」とにんじんは期待された顔も見せずに、あっさりといった。

にんじんは慣れている。一度慣れてしまえば、あとは面白くもなんともないものだ。

おまる

I

ベッドでは何度もひどい目にあったので、にんじんは毎晩、十分に注意を払う。夏なら簡単だ。九時にルピック夫人がベッドに入りなさいと命令すると、にんじんは自分から外に出てひと回りしてくる。これでひと晩じゅう安心だ。

冬は、このひと回りが苦行になる。夜になって、鶏小屋《とり》を閉めたあと、最初の用心を済ませるが、これだけでは翌朝までもたないことがある。夕食をして、しばらく起きていると、九時のチャイムが鳴る。とっくに夜になっていて、夜は永遠に続くように思われる。にんじんは二回目の用心をしておく必要がある。

さて、その夜も、いつもの夜と同じように、にんじんは自分に聞いてみた。

「する？　それとも、しなくていい？」

普段なら「する」と答える。尻ごみなんかしたくないし、月の明かりを見て勇気を奮いおこすこともある。ときには、ルピック氏と兄のフェリックスが手本を示してくれる。だからといって、家から離れて、ほとんど野原の真ん中にある道端のどぶまで行く必要はない。たいていは、家の前の石段の下で済ませる。時と場合によりけりだ。しかし、その夜は、雨が窓ガラスに叩きつけ、風で星が見えなくなり、クルミの木が牧場で荒れ狂っていた。

「まあ、いいや」しばらく考えたあと、にんじんは結論を下した。「しなくてもいい」

にんじんは家族におやすみをいい、蠟燭《ろうそく》に火を点《つ》け、廊下の突きあたりの右側にある、自分のがらんと淋《さび》しい寝室に入る。服を脱ぎ、ベッドに入り、ルピック夫人が来るのを待つ。夫人は毛布でにんじんをぎゅっと包みこみ、蠟燭を吹きけす。蠟燭は残すが、マッチは持って行ってしまう。そして、寝室に鍵をかける。にんじんが怖がりだからだ。最初のうち、にんじんはひとりになれた喜びを満喫する。暗闇のなかで物思いにふけるのが好きなのだ。今日一日のことを考え、なんとかうまく切りぬけられてよかったと感じ、明日も同じ幸運に恵まれたいと思う。二日続けてママに文句をいわれなければいいなと期待し、その夢を見ながら、眠ろうとする。

だが、目を閉じたとたん、例のいやな感じが迫ってくる。

「やっぱりだ」とにんじんは思う。ほかの子供ならベッドから出るだろう。だが、にんじんはベッドの下におまるがないことを知っている。ルピック夫人はいつも置いたというが、かならず置くのを忘れている。それに、おまるなんて必要ない。にんじんは用心をしたのだから。

そんなわけで、にんじんはベッドから出ずに理屈をこねる。

「遅かれ早かれしてしまうだろう。それに我慢すればするほど溜《た》まるのだ。いますぐちょっとしてしまえば、シーツはそのうち体温で乾くはずだ。そうだ、これまでもそうだったように、ママはぜんぜん気づかないだろう」

にんじんはすっかり安心して、目を閉じ、ぐっすりと眠りはじめる。

II

突然目が覚め、お腹の様子を確かめる。

「まずい！　まずった！　計算ちがいだ！」

さっきはうまくいくと思ったのに。甘かった。昨夜はものぐさのせいで見通しを誤った。まもなく本当の罰が下される。

にんじんはベッドに座って、よく考えてみる。ドアには鍵がかかっている。窓には格子がはまっている。部屋から出るのは不可能だ。

しかし、ベッドから出て、ドアと窓の格子を揺すってみる。床に這《は》いつくばり、ベッドの下を手で探り、おまるを見つけようとするが、ないのは分かっている。

ベッドに寝転がり、ふたたび起きあがる。寝ているより、動き、歩きまわり、地団太を踏みたい。両手を拳にして、張ってくるお腹を抑えこむ。

「ママ！　ママ！」聞こえるのを恐れて、わざと弱い声を出す。だが、ルピック夫人がやって来たら、にんじんはなんでもないふりをして、母親をばかにした様子をするだろう。明日になって、ママを呼んだのだと弁解できればいい。嘘《うそ》はつきたくない。

ともかく、大声を出すことなんかできるはずがない。惨事を避けるため、全力を振りしぼっているからだ。

まもなく、ひどい苦痛に襲われ、にんじんは踊りだした。壁にぶつかり、撥《は》ねかえる。ベッドの金具にぶつかり、椅子にぶつかり、暖炉にぶつかる。暖炉の仕切りの鉄板を乱暴に外し、体をよじりながら、薪《まき》を乗せる台のあいだに倒れこむ。欲求に身を任せ、この上ない快楽にうっとりする。

寝室の闇が濃くなった。

Ⅲ

にんじんが眠ったのは、夜明けごろだった。朝寝坊をしていると、ルピック夫人がドアを開けて、どんな方向にも鼻は利くといいたげに、顔をしかめてみせた。

「変な匂いがするわ！」

「おはよう、ママ」にんじんは挨拶する。

ルピック夫人はシーツを剝がし、寝室の隅々まで匂いを嗅ぎ、見つけるのに時間はかからなかった。

「病気なのに、おまるがなかったんだ」にんじんは急いでいった。これがいちばんいい弁解の方法だと思ったのだ。

「嘘よ！　嘘つき！」ルピック夫人はにんじんを責める。

夫人はさっと部屋を出て、おまるを隠しもって戻り、すばやくベッドの下に滑りこませる。にんじんをひっ立たせ、それから家族全員に招集をかけ、大声でいった。

「こんな子供をもつなんて、私が神さまにいったい何をしたっていうの？」

それからすぐに、雑巾と、水を入れたバケツを持ってきて、火でも消すように、暖炉を水びたしにし、毛布をばたばた振るって、臭い！　息がつまる！　と、せわしなく、嘆くように言葉を続ける。

そして、にんじんの顔のすぐそばまで顔を近づけ、身ぶり手ぶりをたっぷり交えて文句をいう。

「どうしようもない子ね！　分別ってものがぜんぜんないわ！　心がねじ曲がってるのよ！　まるでけだもの！　いえ、けだものだっておまるがあれば、使い方くらい分かるはず。それなのに、お前は暖炉のなかを転げまわってするなんて。お前のせいで気が変になりそう。私は頭がおかしくなって死ぬんだわ、頭がおかしくなってね！」

にんじんは下着一枚で裸足のままおまるを見ている。昨日の夜はなかったのに、いまはベッドの下にある。中身が空の白いおまるを見ていると、わけが分からなくなる。何も見えなかったんだと主張すれば、図々しいやつということになる。

そして、呆《あき》れはてた家族のほかに、物見高い隣人が次々と集まり、おまけに郵便配達までやって来て、にんじんをひやかし、質問攻めにする。

「嘘じゃない！」おまるをにらみながら、にんじんはついに叫ぶ。「もう僕は知らないよ。勝手にすればいい」

うさぎ

「お前にメロンはもうないわ」ルピック夫人がいった。「それに、お前も私もメロンは好きじゃないものね」

「まあ、いいや」とにんじんは考える。

こんなふうに、にんじんの好き嫌いは勝手に決められる。だが、たいていは、母親の好きなものを好きだといわねばならない。チーズが出されると、

「もちろん、にんじんは食べないわね」ルピック夫人は決めてしまう。

にんじんはこう考える。

「ママがそういうなら、食べなくてもいい」

もちろん、食べたりしたら、あとが怖いことも知っている。

それに、食後に自分だけのお気に入りの場所へ行って、例のなんとも奇妙な思いつきを実行することができるではないか? デザートのとき、ルピック夫人はこう命じる。

「メロンの皮を持っていって、うさぎにやって」

にんじんは皮一枚も落とさないように、しっかり水平に皿を捧《ささ》げもち、そろそろと歩いてお使いに出かける。

小屋に入ると、うさぎたちは、ちんぴらの帽子みたいに耳を横っちょに傾け、鼻を上に向けて、太鼓でも叩《たた》くみたいに前足を突きだし、にんじんのまわりに押しよせてくる。

「おいおい！　ちょっと待ってくれよ。仲よく食べよう」

そして、うさぎの糞《ふん》や、根っこだけかじり残した野菊や、キャベツの芯や、アオイの葉っぱなどが積みあがった場所に腰を下ろし、うさぎにはメロンの種をやり、自分はメロンの汁を飲む。それは甘口のワインみたいに甘い。

それからにんじんは、家族が残した切れ端の黄色く甘いところ、まだ柔らかくて食べられるところを全部歯でこそげとる。そして、緑のところは、おすわりして丸くなったうさぎたちにくれてやる。

小屋の戸は閉まっている。

昼寝どきの日の光が屋根瓦の穴から入りこみ、光の矢の先が涼しい暗がりのなかに差しこんでいる。

つるはし

兄のフェリックスとにんじんが並んで仕事をする。ふたりとも手につるはしを持っている。フェリックスは、鍛冶屋《かじや》に注文して作ってもらった鉄のつるはし。にんじんは自分ひとりで作った木のつるはしだ。ふたりは庭を耕し、一生懸命競争して、仕事を片づけていく。突然、思いもよらぬときに（災難がふりかかるのは決まってこんなときだ）、にんじんは額の真ん中につるはしの一撃を食らった。

すこし経《た》って、注意深く運ばれ、ベッドに寝かされたのは、兄のフェリックスのほうだった。弟の血を見て気分が悪くなったのだ。家族みんなが集まり、爪先立ちになって見守り、心配そうにため息をついている。

「気つけ薬はどこだ？」

「冷たいお水をちょうだい、こめかみを冷やすから」

にんじんは椅子に上って、みんなの肩ごしに、頭と頭のあいだから覗《のぞ》いてみる。額に巻いた包帯はもう赤くなり、血が滲《にじ》んで広がっている。

ルピック氏がにんじんにいった。

「ひどい目にあったな！」

包帯を巻いてくれたのはエルネスチーヌだった。

「バターにナイフがつき刺さったみたいだったわ」

にんじんは声を上げなかった。そんなことをしてもむだだといわれていたからだ。

そのうちフェリックスが片目を開け、ついでもう一方の目も開ける。兄のほうは怖い思いをしただけで済んだのだ。顔色も徐々にもとに戻り、みんなの胸から恐れと不安が消えていく。

「まったく、いつもお前のせいなんだから！」ルピック夫人がにんじんをなじる。

「注意が足りないのよ、間抜けねえ！」

小銃

ルピック氏が息子たちにいう。

「小銃はふたりで一挺あれば足りる。仲のいい兄弟はなんでも一緒に使うものだ」

「分かったよ、パパ」兄のフェリックスが答える。「小銃は替わりばんこに使うよ。いや、にんじんが時々貸してくれれば、それでいい」

にんじんはいいとも悪いともいわない。何ごとにも用心が大切だ。

ルピック氏は緑色の袋から小銃を出して、尋ねる。

「どっちが最初に持つ？　普通は兄さんだろうな」

フェリックス「名誉な役目はにんじんに譲るよ。先に持たせてやって」

ルピック氏「フェリックス、今朝はずいぶんいい子だな。ご褒美をあげたいよ」

ルピック氏はにんじんの肩に小銃を載せてやる。

ルピック氏「さあ、喧嘩《けんか》せずに楽しんでおいで」
にんじん「犬は連れていくの?」
ルピック氏「必要ない。片方ずつ交替で犬の役割をすればいい。それにお前たちみたいなうまい猟師なら、弾がかするだけなんてことはないだろう。一発で仕留めるさ」
　にんじんとフェリックスは出かけていく。服装はいつもと変わらぬ単純なものだ。長靴がないのが残念だが、ルピック氏はつねづね、本物の猟師は長靴などばかにするといっていた。本物の猟師はズボンの裾を引きずっていく。けっして捲《まく》りあげたりしない。そうやって粘つく泥や耕した土のなかを歩きまわると、まもなくズボンの裾が膝まで土で固まって、自然の長靴になる。このズボンは女中にも洗わせないようにするのだ。
「お前は手ぶらで帰るようなことはないと思うよ」とフェリックス。
「もちろんさ」にんじんが答える。

にんじんは肩が痺《しび》れてきて、銃床を担ぐのがいやになった。

「だめだな!」とフェリックス。「好きなだけ持たせてやってるのに」

「さすが兄さんだよ」にんじんはぼやく。


すずめの群れが飛びたったとき、にんじんは立ちどまり、兄に動くなと合図した。すずめは生垣から生垣へと飛びうつる。ふたりの猟師は背中を丸めて、眠っている鳥の近くへ移動する。だが、群れはじっとしていず、ちゅんちゅん鳴きながら、よそへ移ってしまう。猟師たちは体を起こし、フェリックスは悪態をつく。にんじんは心臓がどきどきしているが、あせった様子は見せない。自分の実力を発揮しなければならない瞬間を恐れているのだ。

失敗したらどうしよう! 射撃の機会が延びるたびにほっとする。

しかし、今回は、すずめがにんじんの一撃を待っているように見えた。

フェリックス「撃つな、遠すぎるよ」

にんじん「そうかな?」

フェリックス「もちろん。体を低くすると、見え方が違ってくるんだ。間違いないと思っても、実際はすごく遠いんだぞ」

フェリックスは自分が正しいことを証明しようとして立ちあがる。驚いたすずめたちは逃げてしまう。

だが、一羽だけ、枝の端に止まったままのすずめがいる。枝をしならせ、揺らしている。尾を振り、頭を動かして、こちらに腹を向けた。

にんじん「よし、これなら撃てる、確実だ」

フェリックス「ちょっとどいてみろ。うん、たしかにチャンスだ。おい、小銃をよこせ」

にんじんは手から小銃が消え、呆然《ぼうぜん》としている。にんじんに代わって、フェリックスが前に出て、銃をかまえ、狙いを定め、引き金をひく。すずめが落ちる。

まるで手品だ。ついさっきまで、にんじんは銃を胸に抱えていた。突然、それを奪われたが、いままた抱えこんでいる。フェリックスがすばやく返したからだ。それから、フェリックスは猟犬のように走っていき、獲物を拾いあげて、にんじんに声をかけた。
「ぐずだなあ、ちょっとは急げよ」
にんじん「ひどいな」
フェリックス「おや、むくれてるのか！」
にんじん「鼻歌でも歌えっていうの？」
フェリックス「だってすずめを獲《と》ったんだぜ、文句はないだろう？　失敗してたらどうするんだ」
にんじん「そうじゃない！　僕だって……」
フェリックス「お前だって僕だって同じことじゃないか。今日は僕が撃ったけど、明日はお前が撃てばいい」
にんじん「はあ、明日ね！」
フェリックス「約束するよ」

にんじん「そうかい！　どうせ明日になれば話が変わるんだ」
フェリックス「誓うよ。それでいいだろ？」
にんじん「もういい！……それより、すぐにもう一羽探して、僕にも撃たせてよ」
フェリックス「だめだめ、もう遅い。家に帰って、ママにこいつを焼いてもらおう。お前が持ってろよ。ばかだな、ポケットに突っこむんだよ。でも、くちばしは見えるようにしておけよ」

ふたりの猟師は家に帰る。ときどき農夫とすれ違い、挨拶され、声をかけられる。

「おいおい、まさかパパを撃ったんじゃないだろうな？」

にんじんはうれしくなって、さっきの不満を忘れてしまう。兄弟は仲直りして、意気揚々と帰宅する。ルピック氏はふたりを見ると、驚いていった。

「なんだ、にんじん、まだ銃を持ってるのか！　それじゃあ、お前がずっと担いでいたのか？」

「まあ、そんなとこさ」とにんじんは答えた。

もぐら

にんじんは道でもぐらを見つけた。煙突掃除人みたいに真っ黒なやつだ。それをずいぶんおもちゃにして遊んだあと、殺そうと決めた。何度も空中に放りあげる。うまく石の上に落とそうという魂胆だ。

最初はすんなりと運びそうだった。

もぐらはすでに脚が曲がり、頭が割れ、背骨も折れて、長いことなさそうだった。

だが、驚いたことに、よく見ると、まだ死んでいない。家より高く、天に届きそうなほど高く放りなげても、いっこうに効き目がない。

「なんだこりゃ！　死なないぞ」にんじんは声に出す。

じっさい、血まみれの石の上で、もぐらはぴくぴく動いている。脂のたっぷりついた腹が煮こごりのように震え、この震えのせいで生きているように見える。

「どうしたってんだ！」にんじんはむきになって怒鳴る。「まだ死なないのか！」

にんじんはもぐらを拾いあげ、罵り、やり方を変える。

顔を真っ赤にして、目に涙まで溜《た》め、石にむかってすぐ近くから全身の力をこめて投げつけた。

だが、不格好な腹はまだ動いている。

そして、にんじんが怒り狂って叩《たた》きつければ叩きつけるほど、もぐらはますます死なないように見えてくる。

ウマゴヤシ

にんじんと兄のフェリックスは教会で夕べのお祈りを終え、家にむかって急いでいた。四時のおやつの時間なのだ。

フェリックスはバターとジャムを塗ったパンをもらうが、にんじんはパンだけだ。にんじんは早くも大人ぶって見せたくて、僕は食いしん坊じゃない、とみんなの前で宣言した。にんじんはなんでも生《き》のまま食べるのが好きで、いつでもわざと何もつけないパンを食べている。この日の午後も、兄より速く歩いて、最初におやつにありつこうとしていた。

何もつけないパンは、ときには硬く感じられる。するとにんじんは、敵に襲いかかるようにパンに立ちむかい、手でぎゅっと摑《つか》んで、歯を立て、頭を振りながら粉々にして、パンくずを飛びちらせる。にんじんのそばにいる親たちは、その様子を珍しそうに眺める。

にんじんの胃袋は駝鳥《だちょう》のように丈夫で、砂利や、緑青《ろくしょう》のふいた古い銅貨だって消化してしまうだろう。

要するに、自分がどんなものでも食べられると見せびらかしたいのだ。

にんじんは家の扉の掛け金を外そうとしたが、開かない。

「パパもママもいないみたいだ。兄さんが足で蹴ってみてよ」にんじんはいった。

フェリックスは「こんちくしょう」と声を上げながら、たくさん釘《くぎ》を打った重い扉に体をぶつけた。扉はしばらくがたがたと音を立てて震えていた。それから、ふたりで力を合わせ、あざになるほど肩で押したが、やはりだめだった。

にんじん「やっぱり、いないな」

フェリックス「でも、どこへ行ったんだろう?」

にんじん「分からないよ。ともかく腰を下ろそう」

石段がお尻に冷たく食いこみ、いつになく空腹が身にこたえる。大口を開けてあくびしたり、みぞおちを拳で叩《たた》いたりして、たがいに腹のへったつらさを訴えてみせる。

フェリックス「いつまでも待っていられないよ！」
にんじん「でも、ほかにしょうがないじゃないか」
フェリックス「待つのはいやだ。お腹がへって死にそうだ。いますぐなんでも食べてやる、草だって」
にんじん「草か！　いい考えだな。パパもママもびっくりだ」
フェリックス「そうしよう！　サラダだって食べるんだからな。特別に教えてやるけど、ウマゴヤシなんかサラダより柔らかいんだぞ。油と酢をかけないサラダだよ」
にんじん「それなら、かき混ぜる必要もないな」
フェリックス「賭けてもいい、僕はウマゴヤシを食べられるけど、お前は食べられないね」
にんじん「なんで兄さんが食べられて、僕に食べられないわけがある？」
フェリックス「嘘《うそ》じゃない、賭けてもいい」
にんじん「それより、隣の家の人に頼んで、パンをひと切れずつと、パンに塗るチーズもらったほうがいいんじゃないか？」
フェリックス「僕はウマゴヤシのほうがいい」

にんじん「分かった、行こう！」

しばらく行くと、ふたりの目の前にはウマゴヤシの野原が広がり、おいしそうな緑色を見せていた。野原に入るや、ふたりは大喜びで、わざと靴を引きずり、柔らかい茎を踏みつぶし、細い道筋をつけていく。あとからこの道を見た人は不可解に思って、こういうにちがいない。

「いったいどんな獣《けもの》がここを通ったんだ？」

ズボンを通して、露の冷たさが脚まで染みとおり、しだいにふくらはぎの疲れがひどくなった。

ふたりは野原の真ん中で立ちどまり、草に倒れこんで、腹ばいになる。

「気持ちがいいな」とフェリックス。

草で顔がくすぐったく、ふたりは笑いあい、ふざけた。むかし同じベッドで一緒に寝たときのように。そんなとき、隣の寝室からルピック氏が怒鳴ったものだ。

「小僧たち、まだ寝ないのか？」

にんじんとフェリックスは空腹を忘れ、水夫のように、犬のように、蛙《かえる》のように泳ぎはじめる。ふたつの頭だけが浮かんで見えている。緑のさざ波を手で払い、足で蹴ると、柔らかく倒れていく。一度崩れた波は、もうもとには戻らない。

「顎まで草に埋まってる」とフェリックス。

「こんなに速く泳げるよ」にんじんも応じる。

ひと休みして、もっとじっくりこの幸せを味わおう。

肘をついて、ふたりは、もぐらが掘りすすんだ塚を眺める。地面が細くふくらんで、ジグザグを描いている。年寄りの皮膚に盛りあがって走る血管みたいだ。もぐら塚はしばらく見えなくなったかと思うと、空き地にふたたび現われる。空き地には、たちの悪い寄生植物で、善良なウマゴヤシを食いつくす伝染病のようなネナシカズラが、赤茶けた細い繊維のひげを伸ばしている。そのあたりで、もぐら塚は、インド風に作られた小屋が続く小さな村のように見えた。

「さあ、そろそろだな」フェリックスがいう。「食べよう。僕は始めるぞ。僕のこの領地には手を出すなよ」

片腕を半径にして、丸い弧を描いてみせる。

「残りで十分だよ」にんじんは答える。

ふたつの頭が草に消える。もうどこにいるのか分からない。

風がやさしい吐息を吹きかけると、ウマゴヤシの薄い葉がめくれて、白い裏側が見える。草原一面に震えが走る。

フェリックスは草を大きく摑んで引っこぬき、それで顔を隠し、食べているように見せかける。丸々太った仔牛が食べるときの、口の咀嚼《そしゃく》音さえ真似てみせる。そして、根っこまですっかり食べたふりをする。世間の手口をすでに知っているのだ。にんじんはそれを真に受けて、だが兄より神経質なので、柔らかい葉っぱだけを選んで摘む。

その葉を鼻の先に押しあて、口に運び、ゆっくりと嚙《か》みはじめる。

どうして急ぐ必要があるだろう?

レストランを時間ぎめで予約したわけでもないし、橋の上に立つ市のように急《せ》かされることもない。

そして、にんじんは歯をきしらせ、口いっぱいに苦さを感じ、吐き気を我慢しながら、ごちそうを吞《の》みこんだ。

コップ

にんじんは食事のときにワインを飲むのをやめた。数日で飲む習慣を捨て、あまりにあっさりやめたので、家族や友だちを驚かせた。そもそもの始まりは、ある朝、ルピック夫人がいつもどおりワインをつごうとしたとき、にんじんがいったせりふだった。

「ありがとう、ママ。でも喉が渇いていないんだ」

夕食のときもこういった。

「ありがとう、ママ。でも喉が渇いていないんだ」

「経済的だわ」ルピック夫人は応じた。「みんなも助かるし」

こうしてワインを飲まずに最初の丸一日が過ぎた。気候もそんなに寒くなかったし、要するに、にんじんは喉が渇いていなかったのだ。

翌日、ルピック夫人は食器をテーブルに並べながら、尋ねた。

「にんじん、今日はワインを飲むの？」

「そうだな、分からないや」

「じゃあ、好きなようにして。コップがいるなら、戸棚から取ってきなさい」

だが、にんじんは取りに行かなかった。ただの気まぐれか、取りに行くのを忘れたのか、自分で取ると叱られると思ったのか？

みんなはまたびっくりした。

「真面目《まじめ》になったのね」とルピック夫人。「意志の力が強いのかも」

「大した意志の力だな」ルピック氏が続ける。「大きくなって、たったひとりで砂漠に行って、駱駝《らくだ》にも乗らずに道に迷ったときは、きっとその力が役に立つだろうよ」

兄のフェリックスと姉のエルネスチーヌは賭けをした。

フェリックス「一週間は飲まずにもつよ」

エルネスチーヌ「そうかしら、日曜日まで、三日ももてば上等よ」

「でもね」にんじんが薄笑いを浮かべていった。「喉が渇かなければ、ぜんぜん飲まなくてもいいんだ。ねずみやハムスターだって飲まないけど、あんなのが偉いと思うの？」

「お前とハムスターは違うよ」フェリックスがいい返した。

癪《しゃく》にさわったにんじんは、兄たちに自分の根性を見せてやろうと思う。ルピック夫人はコップのことなどすっかり忘れていたが、にんじんは意地でもコップを出してくれとはいわなかった。皮肉なお世辞も、真面目な褒め言葉も、同じように聞きながしていた。

「あいつは病気になったか、頭がおかしくなったんだ」という人々があった。

別の人々はこう評した。

「こっそり飲んでるのさ」

だが、珍しいものはすぐに飽きられる。にんじんは喉が渇いていないことを証明するため、いちいち濡《ぬ》れた舌を出して見せたが、その回数もだんだん減っていった。両親と隣人は飽きてしまった。よその人だけがこの話を聞かされると、両手を上げてこういった。

「まさか。自然の欲求には逆らえないさ」

意見を求められた医者は、たしかに奇妙なケースではあるが、結局、どんな症例もありうるのだと結論した。

いっぽう、にんじんは、苦しいかと思っていたが、そうではないのにむしろ驚き、強情一本やりでいけば、どんなことでもできるのだと知った。つらい苦行に耐え、力をふりしぼらなければならないと覚悟していたのに、ぜんぜんへっちゃらなのだ。前より体の調子もいい。喉の渇きと同じで、空腹だって我慢できる！　食事を断って、空気だけで生きてみせるぞ。

コップのことなんかもうとっくに忘れていた。長いこと放りっぱなしだ。その後は、家政婦のオノリーヌが蠟燭《ろうそく》立てを磨くため、赤い磨き粉をコップに入れている。

パン切れ

ルピック氏は上機嫌なとき、自分から子供たちと遊んでやることもある。庭の通り道で兄のフェリックスとにんじんにお話を聞かせ、ときには、子供たちが大笑いして、地べたを転げまわることさえあった。今朝も息子たちは笑いすぎてへとへとだった。

だが、姉のエルネスチーヌが、昼ごはんができたといいに来たので、ようやく一段落した。だが、みんなでテーブルを囲むたび、家族は不機嫌な顔になる。

いつものようにそそくさと食事を済ませると、レストランだったら、次の客にすぐに席を空けわたすところだが、ルピック夫人がこんなことをいった。

「残ったシチューを食べちゃうから、パンをひと切れ取ってくれる?」

誰にいっているのだろう?

ルピック夫人はたいてい自分の食べるものは自分で取り、犬にしか話しかけない。犬に野菜の値段を教えてやり、いまどき、わずかなお金で六人の人間と一匹の犬を養うのがどんなに難しいか、話して聞かせるのだ。

「分かるわけないわね」夫人はピラムに語りかけるが、犬は親しげに喉を鳴らし、尻尾《しっぽ》でぱたぱたと玄関の靴拭きマットを叩《たた》くばかりだ。「この家をやりくりするのがどんなに大変か分かるはずないわ。お前だって、男たちと同じで、食べ物なんて全部どこからか、ただで手に入ると思ってるんでしょう。バターが高くなろうが、卵がとんでもない値段になろうが、どうでもいいのよね」

だが、今回、ルピック夫人は信じられないことをした。ルピック氏にむかってじかに話しかけたのだ。彼女がシチューを拭って食べるためにパン切れを取ってくれといったのは、間違いなく夫にたいしてだった。疑いの余地はない。なぜなら、第一に夫人はルピック氏を見つめていた。第二に、パン切れはルピック氏のそばにあった。ルピック氏は驚いて、ためらったものの、それから指の先で皿に残ったパン切れをつまみあげ、むっとした顔で、面白くもなさそうに、妻のほうに放りなげた。

冗談のつもりか、喧嘩《けんか》を売ったのか？　それが分からない。

姉のエルネスチーヌは、母が侮辱されたと感じ、すこし怖くなった。

兄のフェリックスは、「パパはご機嫌なんだ」と思い、悪乗りして、馬に乗るみたいに椅子の脚をがたがた鳴らした。

にんじんはといえば、無表情だが、頬《ほ》っぺたを焼きリンゴでふくらませ、口の端に唾の泡をため、ひどい耳鳴りを感じながら、じっと我慢していた。ルピック夫人がすぐに席を立たないようなら、自分がおならでもしてやろうと思っていたのだ。子供たちの目の前で母親が虫けらのように扱われたのだから！

ラッパ

今朝、ルピック氏はパリから帰ってきたところだ。トランクを開ける。兄のフェリックスと姉のエルネスチーヌのためのプレゼントが出てくる。その素晴らしいプレゼントはまさに（なんとも不思議だ！）、ふたりが昨夜ひと晩じゅうほしいと夢見ていたものだった。ついでルピック氏は、手を背中にまわしながら、からかうようににんじんを見つめて、こういった。

「さて、お前はどっちがほしい？　ラッパか、ピストルか？」

本当のところ、にんじんは向こう見ずというより用心深いたちなので、ラッパのほうが欲しかった。ラッパは手のなかで暴発したりしないからだ。だが、いつも聞く話では、自分くらいの年ごろの男の子は、もっぱら鉄砲や剣など、戦争で使う武器で遊びたがるものらしい。火薬の匂いを嗅いだり、なんでもぶち壊すのが好きな年齢なのだ。父親は子供のことをよく知っている。だから、子供にぴったりのものを持ってきたにちがいない。

「ピストルがいい」にんじんは胸を張っていった。相手の心はお見通しだ。

にんじんはさらに大胆になり、こうつけ加えた。

「隠してもだめだよ、見えてるもの！」

「ほんとか！」ルピック氏は困ったように答えた。「ピストルのほうがいいのか！　じゃあ、好みが変わったのかな？」

にんじんはすぐにいい直した。

「そうじゃない、違うよ、パパ、冗談だよ。心配しないで、ピストルなんて大嫌いさ。早くラッパをちょうだい。吹いてみせるから。ラッパを吹くのは面白いからね」

ルピック夫人「それなら、なぜ嘘《うそ》なんかついたの？　パパを困らせるためね。ラッパが好きなら、ピストルが好きなんていう必要はないし、見えてもいないのに、ピストルが見えたなんていってはだめ。だから罰として、ピストルもラッパもあげない。見てごらん。このラッパには赤い房が三つに、金の縁どりをした旗まで付いているの。もうたっぷり見たわね。それじゃあ、お前の顔なんか見たくないから、台所に行きなさい。さっさと駆けていくのよ。指で口笛でも吹いていればいいわ」

にんじんのラッパは、戸棚のいちばん高いところ、畳んで重ねた白いシーツの上に、三つの赤い房と金の縁どりをした旗にくるまって、吹いてくれる人を待っている。だが、誰の手にも触れられず、目にも見えず、音も立てない。最後の審判のラッパのように。

髪の毛

日曜日、ルピック夫人は息子たちをミサに行かせる。おめかしをさせて。姉のエルネスチーヌが彼らの身なりを整える係で、そのために自分の用意をするのが遅れそうになる。ネクタイを選び、爪を磨いてやり、ミサの祈禱書《きとうしょ》を渡すのだが、重いほうをにんじんに持たせる。だが、大事なのは、頭にポマードを塗ることだ。

エルネスチーヌはポマード塗りに執念を燃やす。

にんじんは間抜け顔をして塗られるままになっているが、兄のフェリックスはあらかじめエルネスチーヌに、しまいには怒るぞ、と警告してある。だから、彼女はこういってごまかす。

「あら、今日は思わず塗っちゃったわ。わざとやったわけじゃないのよ。次の日曜からはやめるからね」

こうして指でさっと塗りつけてしまえばいいのだ。

「死んじまえ」フェリックスは罵る。

だが今朝の場合は、フェリックスがタオルにくるまり、頭を下げているあいだに、こっそり塗ってしまったので、彼は何も気づかなかった。

「ほら」エルネスチーヌはいった。「今日はあなたのいうとおりにしたからね。文句はいわないでよ。見て、ポマードの瓶は暖炉の上で、蓋も閉まってるわ。やさしい姉さんでしょう？　でも、なんにもしなくても大丈夫。にんじんの髪はセメントでもないと固まらないけど、あなたならポマードもいらないわ。髪の毛が自然に縮れて、ふわっとしてるから。カリフラワーみたいにふわふわで、髪の分け目だって夜まできちんとついてるわよ」

「それはどうも」フェリックスは礼をいった。

疑いもせずに立ちあがる。いつものように、髪に手を入れて確かめることもしない。

エルネスチーヌはフェリックスに服を着せ、格好を整え、絹の手袋をはめてやる。

「これでいいかな？」フェリックスが尋ねる。

「王子さまみたいに、ぴかぴかよ。最後に帽子が必要ね。洋服簞笥《だんす》から取ってきて」

だが、フェリックスは間違ったらしい。洋服簞笥を通りすぎ、食器棚まで走っていく。戸を開けて、水の入った水差しを取りだすと、平然と頭からかぶった。

「警告したはずだぞ。ばかにされるのは我慢できないんだ。まだ小娘のくせに、この歴戦の勇士をだまそうとするなんて。また今度やってみろ、あのポマードを川に放りこむからな」

髪の毛はぺちゃんこになり、ずぶ濡《ぬ》れで、よそいきの衣装から水が滴っているが、フェリックスは、誰かが着替えさせてくれるか、日に当たって乾くかを待っている。どっちだっていいのだ。

「すごいな！」とにんじんは思い、感嘆のあまり立ちつくす。「兄さんは誰も怖くないんだ。僕が真似したって、笑われるのが落ちだ。ポマードが嫌いじゃないって思われてるほうがましだな」

だが、にんじんがいつもの気分で諦めていても、髪の毛のほうが、知らないうちに彼の仇《かたき》をとってくれる。

髪の毛はポマードのせいで、しばらくは無理やり寝かされ、死んだふりをしている。しかし、そのうち強《こわ》ばりがゆるみ、見えない力に押されて、ぴかぴかの薄い殻がところどころふくらみ、裂け目が入り、割れてしまう。

凍ったわら束が溶けていくようだ。

そのうち、最初の髪の毛が、ぴんと立ちあがる。真っ直ぐに、自由に。

水遊び

まもなく四時になるので、にんじんは我慢できなくなり、庭のクルミの木の下で寝ているルピック氏と兄のフェリックスを起こした。
「行かないの？」にんじんは誘う。
フェリックス「行こう。水泳パンツを持ってこいよ」
ルピック氏「まだ暑いだろう」
フェリックス「僕は日が照ってるほうが好きだな」
にんじん「パパだって、きっとここより川岸にいるほうが気持ちいいよ。草の上で寝てればいいじゃないか」
ルピック氏「先に行ってくれ。でも、ゆっくりだぞ。溺れ死んだら元も子もないからな」

だが、にんじんは速まる足を抑えるのが難しい。足がむずむずしてくるのだ。肩には、自分の地味な無地のパンツと、フェリックスの赤と青のパンツを引っかけている。明るい顔つきで、おしゃべりしたり、ひとりで歌を歌ったり、木の枝に飛びついたりする。手を動かして泳ぐ真似をしながら、フェリックスに声をかける。

「気持ちいいだろうね？　手足をばたばたやるのは！」

「生意気いうな！」兄はベテランが素人をばかにするように答えた。

そのせいで、にんじんは急に興奮が冷めてしまった。

乾いた小石の山を兄より先にひらりと跳びこえると、突然、川が現われ、目の前を水が流れている。おふざけの時間はここまでだ。

魔法のような水の上に、凍りつくような光がきらきらと反射している。

寒さで歯が鳴るような水音を立て、なんだかいやな臭いを放っている。

ルピック氏が腕時計で時間を計っているあいだ、そこに入り、体を沈め、既定の時間を過ごさなければならない。にんじんは震えあがった。何度も勇気を奮いたたせ、長くもたせようとするが、肝心なときに勇気が出ない。水は遠くから見ていると素敵だが、近づくと怖くなる。

にんじんは離れたところで服を脱ぎはじめた。瘦せっぽちな体や素足を見られたくないからというより、人目をはばからずぶるぶる震えたいのだ。一枚一枚服を脱ぎ、草の上で丁寧に畳む。靴紐《くつひも》を結んだり、ほどいたり、いつまでもくり返す。

水泳パンツをはき、半袖シャツを脱いでも、まだすこし待っている。包み紙のなかでべたべたになったリンゴ飴《あめ》みたいに汗をかいているからだ。

フェリックスはとっくに我がもの顔で川に入り、堂々と泳ぎまわっている。水を手で掻《か》き、足で叩《たた》き、泡を立て、川の真ん中で暴れまくって、荒れ狂う波を岸辺にむけて次々に送りだしている。

「にんじん、お前はやめたのか?」ルピック氏が尋ねる。

「体を乾かしているんだ」にんじんは答える。

ようやく決心して、地面に腰を下ろし、靴が小さすぎるせいでつぶれた足の指で、川の水に触れてみる。そんなことをしながら、胃のあたりをさすっている。たぶん食べたものがまだこなれていないのだろう。それから、木の根に沿って体を滑らせていく。

木の根のせいで、ふくらはぎと、太腿《ふともも》と、尻が引っかかれる。腹まで水に入ったが、すぐに上がって、出たくなる。独楽《こま》に紐を巻くように、濡《ぬ》れた紐がだんだんと体に巻きついてくる感じだ。だが、体を支えていた足もとの土が崩れ、にんじんは滑る。水に沈んで見えなくなる。じたばたしながら、なんとか立ちあがるが、息がつまり、咳《せき》こみ、水を吐きだす。目も見えなくなって、頭がぼうっとする。

「潜るのがうまいな」ルピック氏が声をかける。

「まあね」とにんじん。「あんまり好きじゃないんだけど。水が耳に入っちゃって、きっとあとで頭が痛くなるよ」

泳ぎの練習ができる場所を探す。つまり、膝立ちで砂の上を進みながら、手を思いきり動かせる場所だ。

「あせっちゃだめだぞ」とルピック氏。「それに手は広げなくっちゃ。髪の毛をかきむしってるみたいだぞ。足も使わないとな。ぜんぜん動いてない」

「足を使わずに泳ぐほうが難しいんだ」にんじんはいい返す。

しかし、真面目《まじめ》にやろうとすると、フェリックスがちょっかいを出し、たえず邪魔をする。

「にんじん、こっちへ来いよ。もっと深いところがあるんだ。足が着かなくて、沈んじゃうぞ。ほら、見てみろ。どうだ、見えるか。な、沈んで見えなくなるだろう。よし、今度は柳の木のところにいろよ。そこから動くな。十回手を掻くだけでそこまで行ってみせるからな」

「数えてるよ」と答え、にんじんは震えながら、水から肩を出し、まるで棒杭のようにじっとしている。

ようやく泳ごうとして、体を屈《かが》めると、フェリックスが背中によじ登り、頭から飛びこみをしたあと、こういった。

「今度はお前の番だ。いいから、僕の背中によじ登れ」

「ひとりで練習したいんだから、ほっといてくれよ」とにんじん。

「もうそのへんでいいだろう」ルピック氏が声をかける。「水から上がって、ラム酒でもひと口飲みに来い」

「まだだよ！」にんじんは抗議する。

ようやく出たくなくなったのだ。まだぜんぜん泳ぎたりない。水が怖くなくなったのに、出なくちゃいけないなんて。さっきまで鉛だった体は、いまや羽毛のようだ。

蛮勇をふるって川のなかで暴れまわる。危険をものともせず、人を救助するために命の危険もかえりみない。あえて水のなかに深く潜って、溺れかかった人間の恐怖を味わってみる。

「早く上がれ」ルピック氏が叫ぶ。「さもないとフェリックスがラムを全部飲んでしまうぞ」

にんじんはラムなんか好きじゃないが、こう怒鳴る。

「僕のぶんは誰にもやらないぞ」

そして、老練な兵隊のようにラムを飲みほす。

ルピック氏「ちゃんと洗わなかったな、足首に垢《あか》がついてるぞ」

にんじん「泥だよ、パパ」

ルピック氏「いや、垢だ」

にんじん「じゃあ、もう一回水に入ろうか?」

ルピック氏「明日になればとれるだろう。また来よう」

にんじん「やった! 明日も晴れるといいな!」

にんじんは指先にタオルを巻きつけて体を拭く。フェリックスが濡らさなかった乾いたところを使うのだ。頭が重く、喉がひりひりするが、思わず大声を上げて笑ってしまう。自分のつぶれて太くなった足の指について、フェリックスとルピック氏がばかげた冗談をいったからだ。

オノリーヌ

ルピック夫人「ねえ、オノリーヌ、何歳になった？」
オノリーヌ「この万聖節《ばんせいせつ》から六七ですけど」
ルピック夫人「ずいぶん齢《とし》をとったわね！」
オノリーヌ「ぜんぜんですよ、まだまだ働けます。病気になったことも一度もないし。馬より丈夫なくらい」
ルピック夫人「オノリーヌ、ちょっといい？　死ぬときは突然なのよ。ある日の夕方かなんかに、川から帰ってくるとき、背中にしょった籠がいつもの夕方より重くなって、押してる車が思うように動かなくなるの。それで車の取っ手のあいだにがっくり膝をついて、濡《ぬ》れた洗濯物に顔をうずめて、はい、おしまい。抱えおこしたら、死んでるってわけ」
オノリーヌ「笑わせないでくださいよ、ほんとに。心配いりません。手も脚もまだまだしっかりしてるんですから」

ルピック夫人「いいえ、ちょっと背中が丸くなってきたわ。背中が曲がると、洗濯のときに腰が疲れなくていいけどね。でも、目が悪くなったのは困るわ！　いえ、本当のことよ、オノリーヌ！　すこし前から気がついているの」
オノリーヌ「とんでもない！　新婚時代と変わらないくらいよく見えてますよ」
ルピック夫人「そうかしら！　食器棚を開けて、お皿を一枚出してごらんなさい、どれでもいいから。食器をちゃんと拭いていたら、どうしてこんな曇りがあるの？」
オノリーヌ「食器棚には湿気がありますからね」
ルピック夫人「食器棚には指もあって、お皿の上をべたべた触るっていうの？　この汚れを見て」
オノリーヌ「あら、どこです？　あたしには見えませんけど」
ルピック夫人「だから困るっていうのよ。ちょっと聞いて。あなたが手抜きをしてるっていってるんじゃないの。そんなことはいわないわ。あなたはこのあたりでいちばん働き者といってもいいくらい。でもね、齢をとってきたのよ。もちろん、私だっ

3　カトリックにおける諸聖人の祝日。11月1日。

て齢をとるわ。みんな齢をとるの。それで、いつの日か気持ちばかり若くってもだめになるの。だから、目がかすむこともあるでしょう。いくら目をこすったってだめなんだから。かすんだ目は元には戻らないのよ」
オノリーヌ「でも、しっかり目を開けてますよ。洗面器の水に顔を突っこんだみたいにぼんやり見えるってことはありません」
ルピック夫人「いいえ、それがあるのよ、嘘《うそ》じゃないわ。昨日だって、うちの人に汚れたコップを出したでしょう。文句をいって面倒なことになるのはいやだから、何もいわなかったけれど。うちの人もそう、何もいわなかった。いつも何もいわない人だから。でも、何も見逃さない人よ。気にしないと思ったら、大間違い！　何でも見ていて、しっかり覚えてるの。あなたの出したコップを指で押しかえしただけだったけれど、お昼ごはんには何も飲まずに我慢したのよ。あの人のことと、あなたのこと、両方考えて私は二倍もつらい思いをしたわ」
オノリーヌ「まさか！　ルピックさんが家政婦に遠慮するなんて。ひと言いってくれれば、コップなんか取りかえたのに」
ルピック夫人「そう思うでしょうね。でも、もっとそつのない女だって、あの人に口をきかせることはできないの。口をきかないって決めてるんだから。私だって諦めてるもの。でも、そんなことはどうでもいいの。要するに、毎日あなたの目は悪くなってるってこと。洗濯みたいに大ざっぱな仕事なら、失敗も目立たないけど、細かな仕事となると、もうあなたの手には負えないわ。お金はかかるけれど、あなたを手伝う人を探さないと……」

オノリーヌ「ほかの人が来ても足手まといになるだけですよ」

ルピック夫人「いま、そういおうと思ってたところよ。で、どうするの？　はっきりいって、どうすればいいと思う？」

オノリーヌ「死ぬまでこんな調子で大丈夫ですよ」

ルピック夫人「死ぬまでですって！　本気なの、オノリーヌ？　あなた、私たち全員のお葬式を出しそうじゃないの。それなのに、あなたが死ぬなんてこと、当てにできると思う？」

オノリーヌ「お皿の拭きかたがちょっと悪かったくらいで、クビになるとは思いませんけどね。それに、このうちから出ていけといわれないかぎりは、ここを離れません。でも、いったんここを出てしまったら、野垂れ死にするしかないでしょうね」

ルピック夫人「誰が出ていけなんていった？　そんなに真っ赤な顔をして。正直に話をしてるだけなのに、そんなに怒って、とんでもなくばかなことをいって」

オノリーヌ「そんなこと！　あたしにはよく分かりませんけど」

ルピック夫人「私もよ。あなたの目が悪くなったのは、あなたのせいでも、私のせいでもないわ。お医者さんが治してくれるでしょうよ。いつかね。それまでのあいだ、迷惑するのはどっちだと思うの？　あなたは自分の目が悪いとは思っていない。そのせいでこの家の人たちが不自由するの。私はあなたのためを思って、何か大ごとにならないように、そういってるだけなのよ。それに、やさしく注意してあげるのは当然のことでしょう」

オノリーヌ「もちろん、そのとおりです。何でもいってください。いっときは、このうちから放りだされたような気がしましたけど、いまは安心しました。あたしのほうも、以後、お皿のことは気をつけます。約束しますよ」

ルピック夫人「それだけのことなのよ。私は人がいうよりやさしい人間よ。あなたがどうしてもっていうなら別だけど、あなたにはずっと働いてもらいたいの」

オノリーヌ「それなら、もう何もいうことはありません。自分がちゃんと役に立つような気がしてきたし、いま出ていけなんていわれたら、そんなの間違っているって大声を出しますから。でも、自分が厄介者になって、鍋でお湯を沸かすこともできないと分かったら、追いだされなくても、自分からさっさと出ていきますよ」
ルピック夫人「でも忘れないで、オノリーヌ、この家に来ればいつでもスープの残りくらい出しますからね」
オノリーヌ「いいえ、スープはけっこう。パンだけで十分です。マイットばあさんはパンしか食べないけれど、死にそうにないですから」
ルピック夫人「あの人はもう一〇〇歳をこえてるわ。それからもうひとつ、オノリーヌ、知ってる？　浮浪者は私たちより幸せなのよ。私がいうんだから間違いないわ」
オノリーヌ「ええ、あなたがいうんだから、間違いないでしょうね」

鍋

にんじんにとって、家族の役に立てる機会はめったにない。部屋の隅にうずくまって、そういう機会がやって来るのを待っている。あらかじめ起こりそうな出来事の見当をつけたりせず、ただ耳を澄ませていて、いざとなったら物陰から飛びだしていく。そして、頭をかっかさせて目の曇った家族たちのなかで、ただひとり冷静さを保つ深謀遠慮の人として、事件に片をつけてやろうというのだ。

ところで、にんじんは、ルピック夫人にしっかりした利口な助手が必要だと気づいていた。だが、彼女は自尊心が強いので、そんなことは口に出すまい。だから、約束は暗黙のうちになされるのだ。そして、にんじんは催促されないうちに行動し、報酬を期待してはならない。

彼は決心した。

暖炉のなかに下がった鉤《かぎ》に、朝から晩まで、いつも鍋が吊《つ》るされている。冬は熱いお湯がたっぷり必要だから、その鍋にたえず水を入れたり、そこからお湯を汲《く》んだりする。盛大に燃える火の上で、鍋はぐつぐつ煮えている。

だが、夏は食事のあとで食器を洗うためにしかお湯を使わない。それ以外のとき、鍋は無意味に沸騰し、たえずぴいぴい口笛のような音を立てる。細かなひびの入った鍋の下で、消えかかった二本の薪《まき》がくすぶっている。

オノリーヌはときどき、鍋のぴいぴいいう音が聞こえなくなる。すると、体を屈《かが》めて、鍋に耳を近づける。

「水が全部蒸発しちゃったわ」

そういって、鍋にバケツ一杯の水を入れ、二本の薪を重ねて、灰を引っかきまわす。まもなくお湯がふたたびやさしくちんちんと鳴りはじめ、オノリーヌは安心してほかの場所へ仕事をしに行く。

だが、こういってやったらどうだろう。

「オノリーヌ、なぜお湯を沸かしつづけているんだ？　使うあてがないなら、鍋なんか外して、火を消してしまえ。燃やす薪だってただじゃないぞ。冬が来れば、貧乏人は寒さで震えているんだ。お前は倹約家のはずなのに」

彼女は、だめだと頭を振るだろう。

これまでずっと、暖炉の鉤に鍋が吊るされているのを見てきた。これまでずっと、お湯がちんちん沸く音を聞き、雨が降っても、風が吹いても、日が照っても、鍋が空になれば、水を満たしてきた。だから、いまは鍋に触れてみる必要もなく、鍋を見る必要さえない。見なくても分かっている。音を聞いていて、鍋が黙りこんだら、バケツ一杯の水を入れてやる。真珠に糸を通すのと同じくらい慣れた仕事で、これまで失敗したことはない。

だが、オノリーヌは今日、初めて失敗した。

水がすべて暖炉の火のなかに落ち、湧きあがった灰の雲が、手だしされて激怒した野獣のようにオノリーヌに襲いかかった。彼女を包みこみ、息をつまらせ、火傷《やけど》を負わせた。

彼女はうしろに飛びすさりながら、叫び声を上げ、くしゃみをし、ぺっぺと唾を吐きだした。

「なんてこった！　地面から悪魔が飛びだしたかと思ったよ」

上下の瞼《まぶた》がくっついて、ひりひり痛んだが、オノリーヌは黒くなった手で暗い暖炉のなかを探る。

「ああ！　分かった」彼女は呆然《ぼうぜん》として声を上げる。「鍋がなくなってる。でも、どうして。分からないわ。ついさっきまであったのに。確かにあったのよ。だって、笛みたいにぴいぴい鳴ってたもの」

野菜を剝いた皮でエプロンがいっぱいになり、それをオノリーヌが窓から捨てるために横を向いた瞬間、誰かが鍋を外したのだ。

でも、いったい誰が？

ルピック夫人が寝室の靴拭きマットの上に現われ、厳しいが、動じない顔を見せていた。

「オノリーヌ、なんの騒ぎ？」

「騒ぎも騒ぎ、一大事！」と声を荒らげる。「大変なことが起こったから騒いでるんですよ！　もうちょっとで丸焼けになるとこでしたよ。この靴、このスカート、この手を見てください。上着は灰だらけで、ポケットのなかまで炭の切れっぱしが飛びこんでいるんですから」

ルピック夫人「暖炉じゅう水でびしょ濡《ぬ》れじゃないの。きれいに洗ったつもりなの」

オノリーヌ「なんで何にもいわずにあたしの鍋を取ったんです？　取ったのは奥さんでしょう？」
ルピック夫人「オノリーヌ、あの鍋はこの家みんなのものよ。それとも、私や、うちの人や、子供たちが鍋を使うのに、あなたの許しが必要だとでもいうの？」
オノリーヌ「ばかなこともいいたくなりますよ、あんまり腹が立ったので」
ルピック夫人「私たちに、それとも、自分に？　そうでしょ、誰のせい？　詮索するのは好きじゃないけど、そこを知りたいものだわ。呆《あき》れた人ね。鍋がなくなったからって、バケツの水を盛大に火の上にぶちまけたりして。それで自分の非を認めるどころか、強情張って、ほかの人や、私にまで罪をなすりつけようとするんだから。本当にどうしようもなく頑固な女だわ」
オノリーヌ「ねえ、にんじんちゃん、あたしの鍋がどこへ行ったか知らないかい？」
ルピック夫人「どうしてにんじんが知ってるのよ？　関係ないじゃないの。鍋の話はもういいわ。それより、昨日のあなたの言葉を思いだしてちょうだい。『自分がお湯を沸かすこともできないと分かったら、追いだされなくても、自分からさっさと出ていきます』っていったのよ。たしかにあなたの目が悪いことは分かっていたけど、ここまでひどいとは思わなかった。もう何もいうことはないわ。オノリーヌ、私の立場にもなってみて。いま、どんな状態になっているか、私と同じようにあなたにも分かってるわね。自分で考えて、決めてちょうだい。そうよ！　遠慮なく泣くといいわ。泣くだけの理由はあるものね」

黙秘

「ママ！　オノリーヌ！」

……………

そういって、にんじんは何をしようと思ったのか？　すべてを台なしにしてしまうところだった。だが、幸い、ルピック夫人の冷たい視線を浴びて、彼はぴたりと口をつぐんだ。

オノリーヌにこういう必要があるだろうか。

「やったのは僕なんだ、オノリーヌ！」

もはやどうしたってこのばあさんを助けることはできない。彼女はもう目が見えない、目が見えないんだ。どうすることもできない。遅かれ早かれ、身を引かなければならないのだ。にんじんが事実を明らかにしたところで、オノリーヌの悲しみは増すだけだろう。この家を出ていくべきだ。にんじんを疑わず、運命の避けがたい一撃がわが身に降りかかったのだと思うほうがいい。

また、ルピック夫人にこういう必要があるだろうか。

「ママ、やったのは僕なんだ！」

自分の手柄を自慢し、ご褒美の微笑《ほほえ》みをもらおうとして何になる？　むしろ危険を冒すことになるだろう。なぜなら、にんじんがルピック夫人の領分に口を出したりしたら、彼女は誰がいようとにんじんを叱りつけるにちがいないからだ。それより、彼女とオノリーヌに協力して、鍋を探すふりをしているほうがいい。

そして、三人で一緒に鍋を探しはじめれば、いちばん熱意を見せるのはにんじんなのである。

最初に興味をなくして鍋探しをやめたのは、ルピック夫人だった。

オノリーヌも諦めて、ぶつぶついいながら、いなくなってしまう。良心のとがめで生きた心地がしなかったにんじんも、やがて我に返る。必要なくなった正義の剣が鞘《さや》に収まるように。

アガート

オノリーヌの代わりにやって来たのは、彼女の孫娘のアガートだった。

この新参者を、にんじんは興味深く観察していた。ここ数日間、ルピック一家の注意はにんじんから逸《そ》れて、アガートに移っていた。

「アガート」ルピック夫人はいった。「部屋に入る前はノックして。でも、だからといって、拳でドアを叩《たた》き割るほど強くする必要はないのよ」

「始まったぞ」にんじんは思った。「昼食のときが見ものだな」

食事は広い台所でする。アガートはナプキンを腕に掛けて、かまどから食器棚へ、食器棚からテーブルへとすぐ駆けつけられるように身がまえている。落ち着いて歩くことができず、頬を真っ赤にして、いつも息を切らしているほうがいいらしい。

しゃべるのが早口すぎ、笑うのも大声すぎる。何をやるにも頑張りすぎるのだ。

最初にテーブルに着くのはルピック氏で、ナプキンを広げ、自分の取り皿を目の前にある大皿のほうへ押しやり、肉を取り、ソースをかけて、皿を自分のほうに引きもどす。飲みものは自分で注ぎ、背中を丸め、目を伏せて、いつもと同じように、今日も、面白くなさそうに、わずかな食べ物を口にする。大皿が替わるときには、椅子に座ったまま身を乗りだすようにして、腰をちょっと動かす。

ルピック夫人はみずから料理を子供たちの皿に取りわけてやる。最初に兄のフェリックス。我慢できないほど腹を空かしているからだ。次に、いちばん年上なのでエルネスチーヌ。最後がにんじんで、彼はテーブルの隅っこにいる。

にんじんは、まるで規則で禁じられているかのように、お代わりをしない。一度よそってもらった分で十分らしい。だが、もっとあげようといわれれば、もらって食べる。ルピック夫人のご機嫌をとるためなら、飲みものも飲まず、嫌いな米も腹につめこむ。夫人は、家族のなかで唯一、米が大好物なのだ。

もっと気ままなフェリックスとエルネスチーヌは、お代わりがほしいときには、ルピック氏のやりかたに倣って、自分の取り皿を大皿のそばに押しやるだけだ。

だが、誰も口をきかない。

「いったいどうしたんだろう？」とアガートは怪訝《けげん》に思う。

どうしもしない。彼らはいつもこんなふうなのだ。それだけのことだ。

アガートは、誰の前であろうと、両腕を伸ばしてあくびをせずにはいられない。

ルピック氏は、砕けたガラスでも嚙《か》んでいるようにゆっくりと食事する。

ルピック夫人は、食事のとき以外はカササギよりもおしゃべりだが、食卓に着くと、身ぶりと顔の動きだけで命令する。

エルネスチーヌは、目を天井に向けたまま。

フェリックスはパンの身で彫刻を作っている。にんじんはもうコップがないので、あまりに早くパン切れで皿のソースを拭って食いしん坊だと思われるのもいやだし、それがあまりに遅くなってのろまだと思われるのもいやで、そのことばかり気にかけている。その目的を達するために、複雑な胸算用をしているのだ。

突然、ルピック氏が水差しに水を入れに行った。

「あたしが行きましたのに」アガートがいう。

いや、口に出していったのではなく、心で思っただけだ。すると、みんなの不愉快な思いが襲いかかってきたようで、舌はもつれ、口がきけなくなる。だが、自分の失敗を自覚して、今後は何も見逃さないように注意する。

ルピック氏のパンがもうほとんどない。アガートは今度こそ先を越されまいとする。そして、ルピック氏の様子ばかり窺《うかが》って、ほかの人のことを忘れてしまうので、ルピック夫人がぴしりと活を入れる。

「アガート、そんなふうに突っ立ったままで、足に根っこでも生えてきたの?」

「はい、そうです」アガートは答える。

一生懸命ほかの仕事をしながらも、ルピック氏から目を離さない。よく気がつくところを見せて主人の心をとらえ、自分を認めてもらいたいのだ。

いまが絶好のときだ。

ルピック氏がパンの最後の一口を食べはじめるや、戸棚に飛んでいき、まだ切りわけてもいない五リーヴル[4]の王冠形の丸いパンを運んできて、差しだした。命令される前に主人の望みを満足させたという喜びで胸をいっぱいにしながら。

だが、ルピック氏はナプキンをたたみ、テーブルから立って、帽子をかぶり、煙草《たばこ》を吸いに庭に出てしまう。

4 約二・五キロ。

一度食事を終えたら、二度とテーブルには戻らない。

アガートはばかみたいに突っ立っていた。お腹に五リーヴルの丸いパンを抱えている。まるで救命浮き輪の宣伝をする蠟《ろう》人形みたいだ。

役目の分担

「びっくりしただろ」にんじんはいった。台所でアガートとふたりきりになったときのことだ。「がっかりするなよ、もっとひどいことだってあるんだから。ところで、そんな瓶をもってどこへ行くんだい？」

「地下の物置です、にんじんさん」

にんじん「ちょっと待って、物置へ行くのは僕の役目だ。地下へ行く階段はすごく危険で、女の人は滑って首の骨を折りそうになるんだ。でも僕はすいすい降りていったから、そのとき以来、地下に行く係は僕になったのさ。ワインの瓶の赤い封蠟《ふうろう》と青い封蠟を見て、値打ちの違いも分かるしね。

古い酒樽《さかだる》を売ると、おこづかいをもらえるんだ。野うさぎの皮も。お金はママに預けてある。

ちょうどいいから、おたがいの仕事の邪魔をしないように、話をしておこう。

朝、犬を小屋から出してスープを飲ませるのは僕の役目だ。夜は、口笛で合図して小屋に寝に行かせる。犬が通りへ出てなかなか戻ってこないときは、待つしかないけどね。

それから、ママとの約束で、いつも鶏《とり》小屋の戸を閉めるのも僕の仕事だ。

草を引っこ抜くのも僕。どの草を抜くか分かってるからね。草についてる土は靴に叩《たた》きつけて払って、あとの穴は埋めておく。草は家畜にやるんだ。

運動のため、父さんの手伝いをして、薪《まき》をのこぎりで切ることもする。

父さんが生きたまま持って帰った猟の獲物は、僕が殺す。羽根をむしるのは、君とエルネスチーヌだ。

魚の腹を裂いて、はらわたを出すのも僕。魚の浮き袋は足で踏みつぶす。

でも、そのとき鱗《うろこ》をとるのは君だ。井戸の桶《おけ》で水を汲《く》むのもね。

毛糸のかせから毛糸を巻きとるのは手伝ってやるよ。

コーヒー豆をひくのは僕だ。

父さんが泥だらけの靴を脱いだら、それを廊下に運んでくるのも僕の役目。でも、スリッパを持ってくる権利はエルネスチーヌがけっして譲らない。自分が刺繍《ししゅう》をしたからなんだ。

大事なお使いは僕に任されてる。長い道のりを行くときとか、薬屋や医者に行くときなんかだ。

君のほうは村に出かけて、ちょっとした買いだしをすればいい。

でも、どんな天気のときでも、一日に二、三時間かけて、川に洗濯しに行かなくちゃいけないよ。かわいそうだけど、これが君のいちばんつらい仕事だな。僕にもどうにもならない。でも、ときどきは、洗い物を垣根に広げて干すときなんか、暇だったら、手伝ってあげてもいい。

そうだ、ひとついっておこう。洗い物は絶対に果物のなる木に干しちゃだめだ。父さんは君に注意なんかしないで、地面に放りだしてしまうよ。で、母さんはちょっとでも汚れを見たら、川に戻って洗い直してこいっていうからね。

靴の手入れは任せるよ。狩りに行く靴にはたくさん油を塗るんだ。ハーフブーツには靴墨をほんのちょっとつけるだけ。つけすぎると革が硬くなるからね。

泥がついたズボンはむきになって泥をとらないように。父さんは泥がズボンを長持ちさせるっていうんだ。掘りかえした土のなかを歩くときも、ズボンの裾を折りかえさない。父さんに狩りに連れていってもらって、獲物袋を持って歩くときには、僕は裾を折り返したくなるけどね。でもそうすると、父さんに怒られるんだ。

『おい、にんじん、そんなことじゃ本物の狩人《かりゅうど》にはなれないぞ』って。

ところが、母さんにはこういわれる。

『ズボンを汚したら、耳を引っぱってやるからね』

まあ、趣味の問題さ。

要するに、そんなに悲観する必要はないってことさ。僕が休みのあいだは仕事を手伝ってやるし、兄さんと姉さんと僕が寄宿学校に戻れば、君の仕事も減るから、結局、同じことだ。

ともかく、誰も意地悪なんかしないよ。うちに来る人たちに聞いてごらん。みんな口を揃《そろ》えてこういうから。エルネスチーヌは天使みたいにやさしいし、フェリックスは気高い心の持ち主。ルピックさんは正直者で、ものを見る目に狂いがない。ルピックの奥さんは料理の名人だってね。家族のなかでいちばん扱いにくいのは僕かもしれない。でも、心の底はみんなと変わらないよ。僕とのつきあいかたを承知してくれればいいのさ。それに、僕だって反省するし、自分の悪いところを直していく。いい子ぶる気はないけど、僕はだんだんましな人間になっているんだ。君がちょっと協力してくれれば、仲良くやっていけると思うよ。

それから、もう『にんじんさん』なんて呼んじゃだめだよ。みんなと同じ『にんじん』でいい。『ルピックの坊っちゃん』より短いしね。でも、頼むから、君のおばあさんのオノリーヌみたいに、子供相手の話しかたはやめてくれ。僕はそれがいやでいやで、いつも気を悪くしていたんだから」

盲人

杖《つえ》の先で、彼はそっと戸を叩《たた》く。

ルピック夫人「あら、またなんの用かしら？」

ルピック氏「分からないのか？　いつもの一〇スー[5]がほしいんだ。彼の来る日だよ。入れてあげなさい」

ルピック夫人は不機嫌そうに扉を開け、盲人の腕を摑《つか》んで、急いでなかに引きいれる。自分が寒いからだ。

「こんにちは、ここにいらっしゃるみなさん！」盲人が挨拶する。

前に進む。短い杖がねずみでも追いかけるように、小刻みに敷石の上を動き、椅子に当たる。盲人はそこに腰を下ろし、かじかんだ手をストーブのほうに伸ばす。

ルピック氏は一〇スー硬貨を摘《つま》んで、こういう。

「どうぞ！」

それから盲人のほうも見ず、新聞を読みつづける。

にんじんは面白がっている。部屋の隅にうずくまって、盲人の木靴を眺める。木靴についた雪が溶けて、もうまわりに水が流れだしている。

ルピック夫人がそれに気がついた。

「おじいさん、木靴をよこしなさい」

暖炉の下へ持っていくが、遅かった。水たまりができている。不安になった盲人の足は湿り気を感じ、片方ずつ足をもち上げ、泥まじりの雪をよけようとして、まわりに押しひろげてしまう。

にんじんは指の爪で床を引っかき、汚れた水にこっちに流れてこいと合図を送り、深い割れ目があることを教えてやる。

「もう一〇スーもらったのに」ルピック夫人は聞こえてもかまわないとばかりに口に出す。「ほかになんの用があるのかしら？」

5 昔の貨幣単位。一スーは五サンチームに当たる。一〇〇サンチームが一フラン。

　だが、盲人は、最初はおずおずと政治の話を始め、しだいに夢中になる。言葉につまると杖を振り、拳をストーブの排気パイプにぶつけ、火傷《やけど》しそうになって慌てて引っこめる。あふれでる涙の下で、何か罠《わな》でも探るように、白目をぐるりと動かした。

　ときどきルピック氏が新聞をめくりながら、合いの手を入れる。

「そうだね、ティシエじいさん、そりゃそうだ。でも確かなことかな」

「もちろん、確かですとも！」盲人は大声になる。「信用しないなんて、あんまりだ！　ちょっと聞いてくださいよ、ルピックさん、どうしてわしの目が見えなくなったかというと、こういうわけなんだ」

「当分出ていきそうにないわね」とルピック夫人。

　じっさい、盲人は絶好調だ。自分の事故の話をしながら、伸びをし、全身がやわらぐのを感じる。いままで血管のなかにあった氷が溶けて、流れはじめている。着ているものも、手足も、脂汗をかいているようだ。

　床では、水たまりが広がり、にんじんのほうに近づき、もうすぐ到着する。

　にんじんがゴールなのだ。

　まもなくにんじんは水で遊べるだろう。

いっぽう、ルピック夫人は巧妙な作戦を開始する。盲人のそばをかすめて通り、肘をぶつけたり、足を踏んだりする。彼はしだいに後ずさり、食器棚と洋服箪笥《だんす》のあいだに追いこまれてしまう。そこにはストーブの温かさは届かない。盲人は途方に暮れ、手探りし、さかんにあれこれ身ぶりをする。指が獣《けもの》のようにそこらじゅうを這《は》いまわる。闇を払いのけようとしているかのようだ。ふたたび体に氷ができはじめる。また凍ってしまうのだ。

そして、盲人は泣きそうな声で自分の身の上話を語りおえる。

「というわけで、みなさん、これでおしまいだ。目がなくなって、もう何もありゃしない。あるのはかまどの闇ばかり」

杖が手から滑りおちる。ルピック夫人の予想していたとおりだ。すばやく駆けより、杖を拾って、盲人に返す――だが返すと見せて、渡さない。

盲人が杖を手にしたと思った瞬間、杖はなくなっている。

ルピック夫人は巧みにだましながら、さらに盲人を追いやり、木靴をはかせて、扉のほうに進ませる。

それから、ささやかな復讐《ふくしゅう》として、軽く腕をつねって、路上に押しだす。そこでは、羽毛布団のような灰色の空がありったけの雪を降らせ、外に置きざりにされた犬のような吠《ほ》え声を上げて風が吹きつけている。

そして、ルピック夫人は扉を閉める直前、盲人にむかって、耳の遠い人を相手にするように大声でいう。

「さよなら。お金をなくさないで。また次の日曜にね。天気がよくて、あなたが生きてたらの話だけど。ほんとにね！　ティシエじいさん、あなたのいうとおり。誰が生きてて、誰が死ぬかは、誰にも分からない。みんなそれぞれ苦労があって、神さまは平等だものね！」

元日

雪が降っている。元旦らしくなるためには、雪の降る風景が欠かせない。ルピック夫人は用心深く、中庭の扉の掛け金を下ろしたままにしておいた。だが、子供たちは早くも掛け金をがたがた揺さぶり、扉の下のほうを、最初は控えめに、そのうち乱暴に木靴で蹴りはじめる。いくら待ってもむだだと分かっても、ルピック夫人が盗み見ている窓のほうに目をやりながら、後ずさりで遠ざかっていく。子供たちの足音は雪に吸いこまれてしまう。

にんじんはベッドから飛びおき、庭の洗面所に行き、石鹸《せっけん》を使わずに顔を洗おうとする。洗面器の水は凍っているので、氷を割らねばならない。この最初の運動が全身に、ストーブの熱より健康的な温かさをかき立てる。だが、顔は濡《ぬ》らすふりをするだけだ。きちんと身支度したときでさえ、相変わらず汚いと思われているので、いちばん汚れの目立つところを拭くだけでいい。

新年の儀式にふさわしく、にんじんは元気潑溂《はつらつ》として、兄のフェリックスのうしろに並んだ。フェリックスの前には、姉のエルネスチーヌが立つ。最年長だからだ。三人揃《そろ》って、台所に入っていく。ルピック夫妻もいま来たところだが、ずっと三人を待っていたような顔つきをする。

エルネスチーヌが両親にキスをして、挨拶する。

「パパ、おはよう。ママ、おはよう。新年明けましておめでとうございます。この一年を健康で過ごし、来世は天国に行けますように」

フェリックスは同じ文句をもっと早口でいう。一目散で言葉の最後までたどり着き、同じように両親にキスをする。

だが、にんじんは自分のハンチング帽から手紙を取りだす。封をした封筒の上にはこう書いてある。「わが親愛なる両親どの」。べつに住所は書いてない。封筒の隅に、色あざやかな珍種の鳥がひらりと飛んでいるだけだ。

にんじんが手紙を差しだすと、ルピック夫人が封を開ける。紙面は満開の花々でいっぱいに飾られ、レース模様で縁どられている。だが、その模様を書くとき、にんじんのペンはしばしば机の穴に落ちこんだらしく、近くの文字が汚れて読めなくなっている。

ルピック氏「私にはなんにもないのか！」
にんじん「ふたりぶんだよ。ママの次に読んで」
ルピック氏「つまり、私よりママのほうが好きだということだな。それじゃあ、この一〇スーの新品の硬貨がお前のポケットに入るかどうかは、分からないな！」
にんじん「ちょっと待ってよ。すぐにママが読みおわるから」
ルピック夫人「なかなか立派な手紙ね。でも、字が下手くそでぜんぜん読めないわ」
「ほら、今度はパパの番だよ」にんじんは急いでいう。
にんじんが背筋を伸ばして返事を待っているあいだ、ルピック氏は手紙を一度、さらにもう一度読み、いつもの癖で時間をかけて検分し、「なるほど！　なるほど！」といって、テーブルに置く。
手紙の効き目はそこまでだ。あとはなんの役にも立たない。みんなが自由にできるのだ。見てもいいし、触ってもいい。今度はエルネスチーヌとフェリックスが手紙を眺め、綴《つづ》りの間違いをいくつも指摘する。この辺でにんじんはペンをとり替えたんだよ。ここから先はよく読めるもの。それからふたりは手紙をにんじんに返す。

にんじんは何度も手紙をひっくり返し、卑屈な笑みを浮かべる。こういいたいらしい。

「もういらないの？」

そして、ようやく手紙を帽子にしまう。

お年玉が配られる。エルネスチーヌは自分と同じ背丈の、いや、自分より大きい人形をもらう。フェリックスは、箱入りの鉛の兵隊セットだ。兵隊たちはすぐにも戦闘に入ることができる。

「お前には」ルピック夫人がにんじんにいう。「びっくりプレゼントがあるの」

にんじん「そうだね！」

ルピック夫人「『そうだね！』ってどういうこと。知ってるんなら、見せてあげないわよ」

にんじん「知らないよ、神さまに誓ってもいい」

間違いないという顔で、真面目《まじめ》くさって片手を上にあげる。ルピック夫人は食器棚を開いた。にんじんは息を荒くする。夫人は腕を肩のところまで食器棚に突っこんで、ゆっくりと、もったいぶって、黄色い紙に乗せた砂糖細工の赤いパイプを引っぱりだす。

にんじんは、間髪を容れず、喜びで顔を輝かす。その後にするべきことも心得ている。ただちに両親の目の前で、パイプを吸おうとする。フェリックスとエルネスチーヌは羨ましそうな目で眺めている（だが、ほしいものがなんでも手に入るとはかぎらない！）。にんじんは、二本の指だけで砂糖細工の赤いパイプをつまみ、体をぐっと反らしながら、左のほうに頭をかしげる。口をすぼめ、頰をへこませ、音を立てて強く吸う。

それから、大きな煙を天まで届くように吐きだして、いった。

「うまいねえ。なかなか通りもいいや」

行きと帰り

ルピック家のふたりの息子と娘が休みで寄宿学校から帰ってくる。にんじんは馬車から飛びおりて、遠くに両親の姿が見えたとたん、こう思う。

「パパたちのところに駆けていかなきゃだめかな?」

だが、思いなおす。

「ここから駆けると、息が切れてしまう。それに、あんまり大げさなのはよくない」

もう少し遅らせよう。

「ここから駆けるか……、いや、あそこからにしよう……」

にんじんはあれこれ考える。

「いつ帽子を脱げばいいかな? どっちに先にキスをしようか?」

だが、兄のフェリックスと姉のエルネスチーヌに先を越され、彼らが両親の抱擁を独占する。にんじんが追いついたときには、彼のぶんはもうほとんど残っていない。

「どうしてお前は」ルピック夫人がにんじんにいう。「そんな齢《とし》になって、父親を

『パパ』なんて呼ぶの？　『父さん』っていって、握手をするの。そのほうが男らしいわ」

それから夫人はにんじんの額に一度だけキスをする。ひがませないために。

にんじんは休みになったのでうれしくて、泣いてしまう。だが、よくあることだ。気持ちの表し方が下手なのだ。

学校に戻る日になった（十月二日月曜日の朝。新学期は聖霊に祈願するミサから始まる）。遠くから馬車の鈴の音が聞こえると、ルピック夫人は子供たちに飛びつき、ひとかかえに抱いてやる。そのなかに、にんじんは入っていない。にんじんは、すでに馬車に乗るための革紐《かわひも》に手を伸ばし、別れの言葉をいう用意ができているが、辛抱強く自分の番を待っている。あんまり悲しくて、思わず鼻歌が出てしまう。

「さようなら、母さん」にんじんはきちんと挨拶する。

「あら、なんのつもり、ばかな子ね」ルピック夫人は答える。「みんなと同じように『ママ』って呼ぶのがいやなの？　こんな子、ほかにいるかしら？　はなたれ小僧のくせして、一人前のおとな気どりなんだから！」

しかたなく夫人はにんじんの額に一度だけキスをする。ひがませないために。

ペン

ルピック氏が兄のフェリックスとにんじんを入れたサン＝マルク寄宿学校では、生徒は公立の高等中学の授業を受けに行く。それで生徒は、日に四度、同じ道を行き来する[6]。気候のよい季節にはとても快適な散歩になるし、雨が降っているときでも、道のりはごく短いので、生徒たちは濡《ぬ》れていやな気分になるというより、むしろ気分転換になる。一年を通じて、健康増進に役立つのだ。

今日の昼前、足を引きずり、羊のようにおとなしく高等中学から帰ってくるとき、下を向いて歩いていたにんじんに、声がかかった。

「にんじん、お前の父さんがあそこにいるぞ！」

ルピック氏はこんなふうに息子たちの不意をつくのが好きなのだ。手紙で知らせずにやって来て、向かい側の歩道の曲がり角で、手をうしろに組み、煙草《たばこ》を口にくわえたまま、突っ立っている。生徒たちは突然、彼に気づく。

にんじんとフェリックスは列を抜けだし、父親のほうに駆けていく。

「ほんとだ！」にんじんはいう。「まさかパパとは思わなかったよ」

「顔を見なけりゃ、私のことなんか考えもしないんだな」ルピック氏は応じる。

にんじんは何か心のこもった言葉を返したいと思うが、何も考えつかない。それほど胸がいっぱいなのだ。爪先立ちになって、父親にキスしようとする。最初は唇の先で髭《ひげ》に触れた。だが、ルピック氏は反射的に顔をもち上げて、キスから逃げた格好になってしまう。それから体を屈《かが》めるが、ふたたび後ずさったので、頬にキスしようとしたにんじんは失敗する。鼻をかすめただけで、空気にキスをした。それで気まずくなって諦めたが、父親の奇妙な反応をどう考えればいいか、あれこれ思案する。

「パパは僕のことを嫌いになったのかな？」にんじんは考える。「フェリックスにはたしかにキスをした。顔をひっこめたりせず、キスさせていた。なぜ僕を避けるんだろう？　やきもちをやかせたいのかな？　いつもそんなふうに思えるんだ。両親から三か月も離れていると、会いたくてたまらなくなる。会ったら、犬っころみたいに首に飛びつこうと決めているんだ。ぎゅっと抱きしめあって、さすってもらいたいんだ。

6　昼食を食べるために一度、寄宿学校に戻るので、二度の往復になる。

でも、会うたびに、冷たくされてしまう」

こんな悲しい考えにとらわれて、ギリシア語の勉強はうまく進んでいるかというルピック氏の質問にうまく答えられない。

にんじん「まあまあだよ。作文より訳のほうがいい。訳だと問題の予想がつくからね」

ルピック氏「ドイツ語は？」

にんじん「すごく発音が難しいんだよ、パパ」

ルピック氏「だめだ！　戦争が始まったら、敵の言葉くらい分からなくて、どうしてプロシア人に勝てると思う？」

にんじん「ああ！　戦争まではなんとかなるさ。いつも戦争、戦争って脅かすんだね。大丈夫、僕が卒業するまで、戦争のほうで待ってくれるよ」

ルピック氏「この前の試験では何番だった？　まさかビリじゃないだろうな」

にんじん「ビリだってひとりは必要だよ」

ルピック氏「こいつめ！　昼食をごちそうしてやろうと思っていたんだが。せめて日曜だったらな。でも、授業のある日は邪魔をしたくないからな」
にんじん「僕はとくにすることはないよ。兄さんはどう？」
フェリックス「ちょうど今朝、先生が宿題を出すのを忘れたんだ」
ルピック氏「その分、予習をちゃんとやればいい」
フェリックス「残念でした！　もうやってあるんだ、パパ。昨日と同じところだもの」
ルピック氏「ともかく、今日は寄宿学校に戻るほうがいい。日曜までいるつもりだから、そのとき埋めあわせをしてやるよ」
フェリックスがふくれっ面をしても、にんじんがわざとらしく黙りこくっても、さよならをいう時間が延びるわけではない。別れの時が来る。
にんじんは心配しながらその時を待っていた。
「うまくいくかどうか分かるぞ」にんじんは考える。「今度こそ、僕にキスされるのがいやかどうか、はっきりするんだ」
そして、心を決め、真っ直ぐ前を見つめ、唇は上のほうを狙って、近づいていく。

だが、ルピック氏はにんじんを手でさえぎって、いった。

「耳にペンなんか差したままで、それで私の目を突っつこうっていうのか。キスするときくらい、ペンなんか外してくれ。私は口から煙草を外したじゃないか」

にんじん「ああ！　パパ、ごめんよ。こんな調子じゃ、いつかひどい失敗をやらかすよね。前にも注意されたことがある。だけど、このペンは僕の耳にぴったりくるんで、いつも乗せてるんだ。それで耳にあるのを忘れちゃった。ペンぐらい外さなくっちゃね！　でも、面白いな！　パパったら、ペンが怖いなんて」

ルピック氏「何をいってるんだ！　私の目をつぶしそうになったのに、笑ってるのか」

にんじん「ちがうよ、パパ、笑ったのは別のことなんだ。また頭のなかで、ほんとにばかなことを考えていたものだから」

赤ほっぺ

I

サン＝マルク寄宿学校の校長が、いつもの夜の見回りを終えて、共同寝室から出ていく。生徒はみんな、鞘《さや》に収まるようにシーツに滑りこみ、そこからはみ出さないように体を小さく丸める。監督官のヴィオローヌは部屋をぐるりと見まわして、全員ベッドに入ったことを確認し、爪先立ちで伸びあがって、ゆっくりとガス燈の灯を細くする。するとまもなく、隣の生徒同士でおしゃべりが始まる。枕ごしにささやき声が行きかい、もぞもぞ動く唇から出るはっきりしないざわめきが寝室じゅうに立ちこめ、そこからときどき、短い口笛のような子音の響きが聞きとれる。

ざわめきは低く鈍いが、たえまなく続いて、しまいには苛立《いらだ》たしいものとなる。そのひそひそ声は、まるでねずみのように、姿を見せないがそこらじゅうを動きまわり、静けさをかじりちらしているように思われる。

古いスリッパをはいたヴィオローヌは、しばらくベッドのあいだを巡回し、生徒の足をくすぐったり、別の生徒の就寝用の帽子の丸い房を引っぱったりする。それからマルソーのそばに立ちどまり、毎晩、夜がふけるまで長話をして、仲のよいお手本を見せつける。するとたいてい、生徒たちは徐々にシーツで口を覆ったみたいに、話し声を小さくして、眠りに落ちてしまう。しかし、監督官はマルソーのベッドの鉄柵に肘をぐっと押しつけたまま、前腕の痺《しび》れにも気づかず、皮膚の表面のむずむずした感じが指先まで伝わってきても意に介さない。

子供っぽい話をして面白がり、ざっくばらんな打ち明け話や、心にしまった思い出を聞かせて、マルソーを眠らせない。そして、マルソーが可愛くて仕方がなくなる。その顔にやさしく透きとおるような赤みが差し、内側から明かりで照らしだされたようになるからだ。それはもはや皮膚ではなく、果肉だ。そのうしろから、ほんのすこし空気が変化するだけで、トレーシングペーパーを載せた地図の線のような細い血管が、絡みあって見えてくるのだ。そのうえ、マルソーはわけもなく、いきなり顔を紅潮させるという素敵な体質をもっていたので、みんなから女の子のように可愛がられていた。しばしば仲間は指先でマルソーの片方の頬をぎゅっと押さえ、それから急に指を放す。するとそこに残った白い跡に、やがて美しい赤い色が交じって、真水に赤ワインを落としたようにすばやく広がり、鼻の先のピンクから耳の藤色まで、色あいに微妙な変化をもたらす。生徒ひとりひとりがその実験を自分でやってみたがると、マルソーは快くその求めに応じるのだった。みんなはマルソーに、「豆ランプ」とか、「ちょうちん」とか、「赤ほっぺ」とかいうあだ名をつけた。思いのままに赤くなれるこの特技を、みんなが羨ましがった。

にんじんはすぐ隣のベッドにいたので、マルソーをとりわけ羨ましく思った。にんじんは血の気のない痩せっぽちで、顔はピエロみたいに粉を吹いて、青白い皮膚を痛くなるほどつねってみても、どうにもなりはしない！　ちょっぴり薄茶色の跡が残るだけで、それもいつもできるとはかぎらない。憎たらしいので、にんじんは爪を立ててマルソーの真っ赤な頬を掻《か》きむしり、みかんの皮のようにひんむいてやりたかった。にんじんはかなり前から変だと感じていた。そこで、その夜は、ヴィオローヌが来てから聞き耳を立てていた。おかしいと思うのも無理はない。監督官のこそこそした態度の、本当の意味を知りたかったのだ。少年スパイとしての能力を最大限に発揮し、にせのいびきをかいたり、わざと寝返りを打ったり、さらに寝返りを続けて体を一回転させたあげく、悪夢でも見たように鋭い悲鳴をあげる。その恐怖で生徒たちみんなが目を覚まし、シーツが一斉にびくりと波を打つ。そして、ヴィオローヌが出ていくと、いきなりにんじんはベッドから身を乗りだし、息を荒らげて、マルソーにこう叫んだ。

「あやしいぞ！　あやしいぞ！」

何も答えはない。にんじんは膝立ちになって、マルソーの腕を摑《つか》み、激しく揺さぶる。

「聞こえないのか？　あやしいやつめ！」

あやしいやつは聞こえない様子だ。にんじんはいきりたって、さらに続ける。

「いやらしいことしやがって！……何も見えなかったと思ってるんだろう。あいつにキスされたんじゃないのか！　あいつとあやしいことをしてたんだろ」

にんじんは起きあがり、ベッドの縁に握り拳をめりこませ、手出しされた白いガチョウのように首をぐいと突きだした。

だが、今度は答えがあった。

「そのとおりだ！　だからどうした？」

にんじんはすばやく身を屈《かが》めて、シーツに潜りこむ。

監督官が戻ってきて、突然、姿を現したのだ！

II

「そうだ」ヴィオローヌが続ける。「マルソー、私はお前にキスをしたな。正直にいってていいんだぞ。お前は何も悪いことをしてないんだから。私はマルソーのおでこにキスをした。だが、にんじんは子供のくせにませているから、これが純粋で清らかなキス、父親が子供にするキスだということが分からない。私はお前を息子のように愛している。弟のように愛しているといってもいい。だが、明日になれば、にんじんはそこらじゅうで根も葉もない噂《うわさ》をふれてまわるだろう、ろくでなしが！」

にんじんはこの言葉を聞いて、ヴィオローヌの声が鈍く響くあいだ、寝たふりをしていた。だが、頭はもちあげて、話の続きに耳をそばだてる。

マルソーは苦しいほど息をひそめて監督官の話を聞いている。ヴィオローヌがごく当たり前のことを語っていると思ってみても、何か秘密が露見するのを恐れているかのように、マルソーの体は震えている。ヴィオローヌはできるかぎり小声で話を続ける。言葉はぼんやりと遠ざかり、音の区切りも消えていく。にんじんはそちらへ向きなおることもできず、気づかれぬように腰をわずかにずらしながら近よってみるが、もう何も聞こえない。注意力を極限まで研ぎすますと、耳が本物の穴になって、漏斗《じょうご》のようにぽっかりと口を開けた感じがする。だが、その穴になんの音も落ちてこない。以前に何度か、同じような努力をしたことを思いだした。戸口で聴き耳を立て、鍵穴に目を押しつけていたとき、その穴を広げて、見ているものを鉤《かぎ》で引きよせたいと思ったのと同じ感覚だ。だが、どうせヴィオローヌはこんな言葉をくり返しているのだ。

「そうだ、私の愛情は純粋だ、この上なく純粋だ、あのろくでなしには分かりっこない！」

ついに監督官は影のようにそっとマルソーのほうに身を屈め、額にキスをする。絵筆のようなやぎ髭《ひげ》がやさしく触れる。そして、身を起こし、立ちさる。ベッドのあいだをすり抜けていく監督官を、にんじんは目で追いかける。ヴィオローヌの手が枕に当たると、眠りを邪魔された生徒は大きな息をついて、体の向きを変える。

にんじんは長いこと様子を窺《うかが》っていた。また急にヴィオローヌが戻ってこないともかぎらない。マルソーはすでにベッドのなかで体を丸くし、顔に毛布をかぶっていたが、じつは目を覚ましていた。どう考えていいか分からないさっきの出来事を思いかえしていたのだ。後悔のたねになるような悪いことは何もしていない。だが、シーツの闇のなかにヴィオローヌの顔が明るく浮かびあがり、それは、様々な夢のなかでマルソーの胸を温かくさせた女たちの姿のようにやさしい。

にんじんは待ちくたびれた。上と下の瞼《まぶた》が、磁力で引きよせられるようにくっついてくる。ガス燈を見ていろ、と自分にいいきかせる。だが、その火はほとんど消えかかっている。ガス燈の火口《ほくち》から、ぱちぱち音を立てながら小さな泡のような火が飛びだそうとする。その火がはじけるのを三つ数えたところで、にんじんは眠りに落ちた。

Ⅲ

翌朝、洗面所で、タオルの隅を冷たい水にちょっと浸して寒がりの顔を軽く拭いているとき、にんじんはマルソーを憎々しげに見つめ、できるだけ冷酷な口調で、食いしばった歯のあいだから鋭い音を出して、ふたたび罵った。

「あやしいやつ！　あやしいやつめ！」

マルソーは頰を真っ赤にするが、怒ったりはせず、ほとんど懇願するような目をして答える。

「そんなことは嘘《うそ》だっていってるだろう。君が思いこんでいるだけだよ！」

監督官が手の検査をする。生徒は二列に並んで、機械的にまず手の甲、ついで、すばやくひっくり返して手のひらを見せ、すぐにポケットとか、手近にあるクッションとか、温かい場所に手をしまいこむ。普段だったら、ヴィオローヌは手なんか見やしない。それなのに、今回にかぎって、にんじんの手がきれいじゃないという。にんじんは、もう一度水道の水で洗えといわれて、憤慨した。たしかに青っぽい染みが見えるが、にんじんはしもやけの始まりだと主張した。間違いなく、目をつけられている。

ヴィオローヌはにんじんを校長のところに行かせることにした。

校長は早起きして、緑色に塗られた古い校長室で、暇なとき上級生におこなう歴史の授業の準備をしていた。机に敷いたマットに太い指先を押しあて、重要な出来事を順に追っていく。ここはローマ帝国の崩壊、真ん中はトルコ人によるコンスタンティノープルの占領、その先は、近代史。どこから始まったか分からず、終わることのない代物だ。

校長はゆったりした部屋着をきていた。刺繍《ししゅう》した縁飾りがふくれた胸をとり巻き、まるで円柱にロープを縛りつけたみたいだ。この男は明らかに食べすぎなのだ。顔はぼってりとして、たいていてらてら光っている。いつも大声でしゃべり、女性を相手にするときも変わらない。すると、襟の上にたるんだ首の肉が、ゆっくりと律動的に波打つ。さらに、目がまん丸で、口髭が濃いのも目立っている。

にんじんは校長の前に立った。帽子を膝のあいだに挟んだのは、手の動きを自由にするためだ。

威圧するような声で校長が尋ねる。

「なんの用だね？」

「監督官から、校長先生のところに行って、僕の手が汚いといえと命令されました。でも、そんなの嘘です！」

そして、にんじんは神妙そうな態度で、ふたたび手を出し、最初は手の甲、ついで、ひっくり返して手のひらを見せた。念のために、もう一度手のひら、ついで手の甲を見せた。

「ほう！　嘘だというのか」校長は判断を下した。「謹慎四日だ、いいな！」

「先生」にんじんはいい返した。「僕は監督官ににらまれているんです！」

「ほう！　にらまれているのか！　謹慎一週間だ、いいか！」

にんじんは校長の性格を知っていた。だから、こんなお手柔らかな対応にはぜんぜん驚かない。どんなことにも立ちむかうと心を決めていた。直立不動の姿勢をとり、両膝をしっかり合わせ、相手に挑むような態度を見せて、平手打ちを覚悟していた。というのも、校長は反抗的な生徒をときどき手の甲でぴしゃり！　とやる無邪気な性癖があるからだ。だが、狙われた生徒が敏捷《びんしょう》だと、手の動きを見こして、ひょいと身を屈めるので、校長はバランスを崩してよろけ、みんなの失笑を買うことになる。そんなとき、校長はやり直しはしない。自分が生徒のように小細工を用いたりすると、威厳に関わると思っているのだ。狙った頬をみごとに叩《たた》くか、手出しをせずに放っておくにかぎる。

「校長先生」にんじんはふてぶてしく、堂々といってのけた。「監督官とマルソーがあやしいんです！」

とたんに校長の目は、二匹の羽虫が突然飛びこんだように、動揺の色を見せた。握りしめた拳を机の端に押しつけ、なかば腰をもちあげ、顔をぐっと前に突きだしたので、にんじんの胸にぶつかりそうになった。そして、喉の奥から出るしゃがれ声で尋ねた。

「どういうことをしてるんだ？」

にんじんは不意をつかれたらしい。予想していたのは（遅かれ早かれ襲ってくるはずの）アンリ・マルタン先生[7]の分厚い本で、それが巧みなコントロールで投げつけられると思っていたのに、事態の詳細を聞かれてしまった。

校長は答えを待っている。首のたるみがひとつに集まって脂肪の塊を作り、そのぶよぶよしたクッションの上にかしいだ首が乗っかっている。

にんじんはためらっている。そして、うまい言葉が出てこないと分かると、急に困った顔をして、背中を丸め、あからさまにぎくしゃくした動きで、ばつの悪い様子

7　厖大な『フランス史』の著作で知られる歴史家。

を見せた。膝に挟んだ帽子を探り、ぺしゃんこになったそれを取りだし、ますます背中を丸くし、身を縮め、帽子をすこしずつ顎のところまでもちあげ、隠すようにゆっくりと、できるだけ恥ずかしそうに、その猿に似た顔を、帽子のキルティングをした裏地に埋めてしまう。だが、ただのひと言もしゃべらなかった。

Ⅳ

その日、簡単な事情聴取があって、ヴィオローヌはくびになった！　まるで儀式のような、悲痛な別れの場面となった。

「また戻ってくるよ」ヴィオローヌはいった。「ちょっとお休みだ」

だが、誰も信じなかった。寄宿学校は教職員を入れかえる。かびが生えるのを恐れているかのようだ。今回も、ただの監督官の交替にすぎない。ヴィオローヌの退職もほかの職員の場合と変わらない。ただ、彼は優秀なだけに、職場を変えるのも早いのだ。ヴィオローヌはほとんどの生徒全員から好かれていた。ノートの表題を書くうまさでは、彼の右に出る者はいなかった。たとえば、「ギリシア語練習帳。生徒氏名～」

といった具合に書くのだが、彼の大文字は店の看板の文字のように格好がよかった。それで、生徒はみんな席を立って、ヴィオローヌの机のまわりに集まってくる。その手は、緑の宝石入りの指輪をきらめかせながら、優雅に紙の上を滑り、ページの下に即興でサインをする。小石を池に投げこんだように、彼のサインは紙に落ちて、規則的でもあれば気まぐれのようにも見える波紋と渦巻をくり広げ、見事というほかない飾り文字を作りあげる。サインの尻尾《しっぽ》はくねりにくねって、サイン自体のなかに消えている。尻尾の終わりを見つけるには、目を近づけて、じっくりと探さなければならない。サイン全体がペンの一筆書きになっていることはいうまでもない。あるとき、ヴィオローヌは途方もなく複雑な線の絡まりあったサインを完成させて、「唐草装飾文様」と命名した。子供たちは長いことうっとりと見とれていた。

ヴィオローヌの退職を生徒たちはひどく悲しんだ。

みんなで校長を見たらただちに抗議すると衆議一決した。つまり、頬《ほ》っぺたを膨ませ、唇を震わせて、蜂がぶーんと飛びまわるような音を出して、不満を表明しようというわけだ。いつか彼らはやるだろう。

だが、いまのところは、たがいに悲しみを分かちあっているだけだ。ヴィオローヌは自分が惜しまれていると知り、休み時間のあいだに学校を去るという芝居を打った。彼が、トランクを背負った助手を従えて校庭に姿を現わすと、生徒が我先にと駆けつけた。ヴィオローヌは生徒たちと握手をしたり、彼らの顔をやさしく叩いたりしながらも、コートの裾を破かれないように手で引きよせていた。とり囲まれ、揉《も》みくちゃにされても笑みを絶やさず、感動した様子だった。鉄棒にぶら下がっていた者たちは、逆上がりを途中でやめて、地面に飛びおり、あんぐり口を開け、額に汗をかき、シャツの袖をまくり上げたまま、滑りどめの粉を塗った手の指を広げている。校庭を所在なく歩きまわっていたもっとおとなしい生徒たちは、お別れのしるしに手を振っている。トランクの重さで背を丸めた助手は、ヴィオローヌから距離を置こうとして立ちどまった。だが、それをいいことに、いちばん下級の生徒が濡《ぬ》れた砂に押しつけた手で助手に触り、白い前掛けにべったりと五本指の跡をつけた。マルソーの頬は絵具で描いたようなばら色に染まっている。彼は生まれて初めて本当の心の痛みを感じていた。しかし、自分が年下の従妹《いとこ》のような気持ちで監督官のことを名残り惜しんでいるのを自覚して、当惑し、居心地悪く感じている。そのことが不安で、ほとんど恥ずかしいとさえ思えて、みんなから離れていた。だが、ヴィオローヌは遠慮せず、マルソーのほうに近づいてくる。その瞬間、窓ガラスの割れる音が響きわたった。

みんなの目が、謹慎部屋の鉄格子の入った小さな窓のほうに向く。にんじんの意地悪く獰猛《どうもう》そうな顔が見えた。しかめっ面をして、まるで檻《おり》に閉じこめられた小さな害獣のように青ざめている。髪が目にかかり、白い歯を全部むきだしている。割れた窓ガラスに手を突っこむと、ガラスは生き物みたいに彼の手に噛《か》みついた。にんじんは血みどろの拳を振ってヴィオローヌを威嚇した。

「ばかやろう！」監督官が応じる。「これで気がすんだか！」

「とんでもない！」と叫ぶと、にんじんは勢いよく拳骨《げんこつ》でもう一枚、窓ガラスを叩きわった。「なんであいつにキスして、僕にはしてくれなかったんだ？」

それから、切れた手から流れる血を顔に塗りたくって、こういった。

「ほら、僕だってその気になれば、赤ほっぺになれるんだ！」

しらみ

兄のフェリックスとにんじんがサン゠マルク寄宿学校から帰ってくると、ルピック夫人はただちに彼らの足を洗わせる。三か月も経っているから洗うのだ。寄宿学校では一度も洗わない。それに、校則はこんな事態を想定していないのである。

「にんじん、お前の足は真っ黒じゃないの！」ルピック夫人が騒ぐ。

夫人のいうとおりだ。にんじんの足はいつでもフェリックスの足より汚れている。でも、なぜだ？　ふたりは同じ寄宿学校で暮らし、同じ生活をし、同じ空気を吸っている。もちろん、三か月も経てばフェリックスの足だって白くはない。だが、にんじんの足は、本人も認めるとおり、自分の足とは思えないほどだ。

恥ずかしいので、にんじんは手品師みたいにごまかして、すばやく足を水のなかに突っこんでしまう。目にもとまらぬ早業で、靴下を脱ぎ、すでにたらいの底を占領しているフェリックスの足に割りこませる。するとまもなく、この四本の化け物の上に、布地のような垢《あか》の層が広がってくるのだ。

ルピック氏はいつもどおり、窓から窓へと歩きまわっている。息子たちの通信簿を眺めながら、とくに校長先生の手書きによる評定欄を読みかえしている。フェリックスの評定。

「軽率だが、聡明。好成績の見こみあり」

一方、にんじんの評定。

「やる気になればできる。だが、なかなかやる気が出ない」

にんじんができることもあるという意見に、家族は笑ってしまう。当のにんじんは腕を組んで膝に乗せ、足を水に漬けて、いい気分で足をふやかしている。家族からじろじろ見られているのは分かる。髪の毛が伸びすぎて、その赤い色がどす黒くなり、みっともないと思われているのだ。ルピック氏は感情を外に出すのが苦手で、息子と再会できた喜びを、当の相手をからかうことでしか表せない。向こうへ行くとき息子の耳を指で弾《はじ》き、戻ってくるときに肘でこづく。すると、にんじんは大喜びで笑うのだ。

しまいに、ルピック氏はにんじんの「もじゃもじゃ」に手を突っこみ、しらみでもつぶすかのように、爪をぱちぱちと鳴らす。これがルピック氏の大好きなおふざけだった。

ところが、最初の試みでしらみが一匹つぶれてしまう。

「よし！ やったぞ」ルピック氏は威張る。「我ながら見事なわざだ」

そういいながら、気持ちが悪くなって、爪をにんじんの髪の毛にこすりつける。一方、ルピック夫人は手を大きく振りあげる。

「こんなことだろうと思ったわ」とがっかりした様子で、「まったく！ 私たちは清潔なのに！ エルネスチーヌ、急いで洗面器を持ってきて。お前の仕事ができたわよ」

姉のエルネスチーヌが、洗面器と、目の細かい櫛《くし》と、酢を入れた鉢を持ってくる。しらみ狩りの始まりだ。

「まず僕の頭をすいてくれよ」フェリックスが文句をいう。「あいつにうつされたにちがいないんだから」

フェリックスは怒って指で頭を掻《か》きむしり、バケツに水を汲《く》んでこいという。頭を突っこんで、しらみを溺死させようというのだ。

「落ちついて、フェリックス」世話好きのエルネスチーヌがなだめにかかる。「痛くしないでやってあげるから」

彼女はフェリックスの首のまわりにタオルを巻き、母親のような手際の良さと辛抱強さを見せつける。片手で髪の毛を分け、片手で巧みに櫛を操って、不愉快そうな仏頂面も見せずにしらみを探し、獲物を摑《つか》まえても怖がったりしない。

「また一匹いた！」エルネスチーヌが叫ぶたびに、フェリックスはたらいに突っこんだ足をばしゃばしゃ踏みならし、拳骨《げんこつ》を振るってにんじんに怒りを向ける。だが、弟は黙って自分の順番を待っている。

「フェリックス、あなたのはもうおしまいよ」エルネスチーヌが告げる。「七匹か八匹しかいないわ。数えてごらん。今度はにんじんのを数えましょう」

最初のひと櫛で、にんじんは兄を抜いてしまう。エルネスチーヌはたまたましらみの集落に櫛が当たったのだと思った。しかし、実際は頭全体がしらみの巣になっていて、そこにただ櫛を入れただけだった。

みんながにんじんをとり囲む。エルネスチーヌは一心不乱に仕事をする。ルピック氏は両手をうしろに回し、よそから来た野次馬みたいにしらみ取りを見物している。ルピック夫人は嘆きの声を上げる。

「ほんとに！　まったく！　これじゃ熊手とシャベルがいるわ」

フェリックスはしゃがんで、酢を入れた洗面器を揺すりながら、しらみを受けとめている。しらみはふけにくるまって落ちてくる。睫毛《まつげ》を切りとったような細かい脚を動かしているのが見える。だが、洗面器の揺れに逆らえず、すぐに酢に呑《の》みこまれて、死んでしまう。

ルピック夫人「にんじん、まったくお前の気持ちは分からないわ。その齢《とし》で、もう大人だっていうのに、恥ずかしくないのかしら。足のことはまあ大目に見るわ。うちに帰ってきて初めて見たんでしょうからね。でも、しらみに食われているのに、先生に見てくださいともいわず、家族になんとかしてくれって頼みもしないなんて。いったいどういうつもりなの。しらみに頭を貪り食われてうれしいとでもいうの。ぼさぼさの髪から血が出てるわよ」

にんじん「櫛で引っかかれたからだよ」

ルピック夫人「まあ！　櫛のせいだって。これが姉さんへのお礼ってわけ。ちょっとエルネスチーヌ、聞いた？　この繊細なかたは美容師の腕前に不満があるそうよ。ねえ、もうこんな子はほっといて、さっさと虫の餌食にしてやればいいのよ」

エルネスチーヌ「ママ、今日のところはこれで終わりにするわ。いちばん大きいのを取っただけだから、明日、もう一回やってみる。でも、オーデコロンを振りかけるっていうやり方もあるのよ」

ルピック夫人「にんじん、お前はその洗面器を庭に持っていって、壁の上に乗せてみんなに見てもらいなさい。村じゅうの人が列を作って見に来れば、お前だってすこしは恥ずかしいでしょうからね」

　にんじんは洗面器を持って、外に出る。洗面器を日なたに置き、そばで番をする。最初に近づいてきたのは、マリー・ナネットばあさんだった。彼女はにんじんに会うたび、立ちどまって、近眼の意地悪そうな小さな目でじろじろ眺め、黒い帽子をかぶった頭を揺すりながら、何か探りを入れようとする。

「これは何？」ばあさんは尋ねた。

　にんじんは何も答えない。ばあさんは洗面器を覗《のぞ》きこむ。

「レンズ豆かい？　ほんとに、目が見えなくなっちゃってね。息子のピエールが眼鏡《めがね》を買ってくれればいいんだけど」

指で触ってみる。味見でもしたいみたいだ。結局、何も分からない。

「で、あんたはそこで何をしているの？　ふくれっ面で、目もぼんやりしているよ。きっと叱られて、お仕置きされてるんだね。いいかい、あたしはあんたのおばあちゃんじゃないけど、あんたのことを考えているんだよ。かわいそうにねえ、家の人からつらい目にあわされているんだろ」

にんじんはまわりをちらりと見て、母親に聞こえないことを確かめる。そして、マリー・ナネットばあさんにこういう。

「だからどうした？　おばあさんには関係ないだろ。自分のことだけ心配してりゃいいんだ。僕のことはほっといてくれ」

ブルータスのように

ルピック氏「にんじん、去年、お前は私が思ったほど勉強しなかった。通信簿には、やればもっとできるはずだ、と書いてあったぞ。お前はぼんやり空想に耽《ふけ》ったり、禁じられた本を読んだりする。記憶力は抜群だから、暗記ものではかなりいい点を取っている。それなのに宿題をやらない。にんじん、もっと真面目《まじめ》にならなくちゃだめだ」

にんじん「心配しないでよ、パパ。たしかに去年はちょっといい加減にやったかもしれない。でも、今年はしっかり勉強する気が起こってるんだ。全科目クラスで一番とはいかないけど」

ルピック氏「でも、その気でやってみろ」

にんじん「だめだよ、パパ、無理をいわないでよ。地理も、ドイツ語も、物理・化学も、トップクラスがふたりか三人はいるんだ。ほかの科目はぜんぜんだめで、それしかやらないやつらだから、僕が入る余地はない。あいつらを抜くのは無理だよ。でもね——聞いて、パパ——フランス語の作文なら、そのうち一番を狙えるし、ずっと一番でいることもできそうな気がするんだ。でも、努力したのにだめでも、後悔はしないよ。僕はブルータスのように誇り高く、こう叫んでみせるさ。『おお、美徳よ！　お前はただの言葉にすぎない[8]』」

ルピック氏「すごいな！　お前ならほかの連中をやっつけることができるよ」

フェリックス「パパ、にんじんはなんていったの？」

エルネスチーヌ「わたしも聞こえなかった」

ルピック夫人「私もよ。にんじん、もう一度いってくれない？」

にんじん「ママ、なんでもないよ！」

ルピック夫人「何もいわなかったっていうのね。顔を真っ赤にして、声を張りあげて、拳骨《げんこつ》を高く振りあげて、村じゅうに響くような声だったじゃないの！　もう一度あのせりふをいってよ。みんなのためになるように」

にんじん「大したことじゃないんだ、ママ」

ルピック夫人「いいから、いいから、誰か人の名前をいってたわね。なんて名前だっけ？」

にんじん「ママの知らない人だよ」

ルピック夫人「だったら、なおさら聞きたいわ。もったいぶるのはやめて、ママのいうとおりにしなさい」

にんじん「じゃあいいよ、ママ。パパと話をしてたんだ。そしたら、パパが親身になって忠告してくれたので、パパに感謝するために、誓いを立てる気になって、たまたまブルータスっていうローマ人みたいに、美徳に呼びかけようと思って……」

ルピック夫人「しどろもどろね。やってほしいのは、一字一句変えずに、同じ調子で、さっきのせりふをくり返すことよ。難しいことじゃないんだから、それくらい母親のためにしてくれてもいいでしょう」

フェリックス「ママ、僕がくり返そうか?」

ルピック夫人「だめ、にんじんが先、お前はそのあと。ふたりを比べてみましょう。ほら、にんじん、やって」

8　シーザー（カエサル）を暗殺したブルータス（ブルートゥス）が、のちにアフリカで自殺するとき、口にしたとされる言葉。

にんじん（口ごもりながら、泣きそうな声で）「び、美徳よ、お前は、た、ただの、こ、言葉に、すぎない」
ルピック夫人「がっかりね。どうしようもないわ。母親を喜ばせるくらいなら、鞭《むち》でぶたれたほうがいいってわけね」
フェリックス「いいかい、ママ、にんじんはこういったんだ。（目玉をぎょろりとさせ、挑むような視線を投げて）『僕がフランス語の作文で一番になれなかったら』、（頬を膨らませ、足を踏みならし）『ブルータスのようにこう叫んでやる』、（両腕を高く振りあげて）『おお、美徳よ！』、（両腕を腿《もも》の上に落として）『お前はただの言葉にすぎない！』こういったんだよ」
ルピック夫人「最高よ、素晴らしいわ！　にんじん、よくやったわね。それだけにお前の強情がほんとに情けないわ。物真似は本物に及ばないんだから」
フェリックス「でも、にんじん、そういったのは本当にブルータスか？　カトーじゃないか？」
にんじん「間違いなくブルータスだよ。『そして、友人のひとりが差しだした剣に身を投げて、彼は死んだ』」[9]

エルネスチーヌ「にんじんのいうとおりよ。思いだしたんだけど、ブルータスって、杖《つえ》に黄金を仕込んだり、狂ったふりをしたのよね」

にんじん「悪いけど、姉さん、混同してるよ。それは、僕のブルータスとは別人の話だ[10]」

エルネスチーヌ「そうだったかしら。でも、いっときますけど、ソフィー先生が教えてくれる歴史の授業は、あなたが中学の先生から教わる授業に負けないわよ」

ルピック夫人「そんなのどうでもいいことよ。喧嘩《けんか》はやめて。大事なのは、一家にひとりブルータスがいるということよ。うちにはひとりいるものね。にんじんのおかげで、うちはみんなから羨ましがられるわ！ そんなに偉い人とはいままでぜんぜん知らなかったけど。新しいブルータスに敬礼しましょう。司教さまみたいにラテン語でおしゃべりして、聞く耳をもたない人間には二度とミサの文句をいってくれないの。

9 プルタルコスの『英雄伝』などが伝えるブルータスの死の様子。

10 にんじんが正しい。エルネスチーヌが引きあいに出したのは、カエサルを暗殺したブルータスではなく、同名異人の挿話。

ぐるりと回って前から見ると、今日おろしたばかりの上着に染みがついてるし、うしろから見ると、ズボンに穴が開いているわ。神さま、この子はまたどこにもぐりこんだんでしょう？　このにんじんブルータスの格好を見て！　ブルータスというより、けだもの《ブルート》よ！」

書簡集

──にんじんからルピック氏への手紙と、ルピック氏からにんじんへの返事──

にんじんからルピック氏へ

サン＝マルク寄宿学校にて

親愛なるパパ

休みに魚釣りをしたせいで、体の調子を崩してしまいました。腿《もも》に大きなおでき《クルー》ができているのです。いまはベッドにいます。仰向けに寝たままで、看護婦さんが薬を貼ってくれました。おできは膿《うみ》が出るまでは痛みますが、そのあとはけろりと忘れてしまいます。でも、ひよこみたいに増えていくのです。ひとつ治ると、三つできるといった具合です。ともかく、大したことはないだろうと思います。

愛する息子より

ルピック氏の返事

親愛なるにんじん

お前はまもなく最初の聖体拝領式を控えているし、教理問答にも通っているのだから、人類史上、おでき《クルー》に悩まされるのはお前が初めてではないことを知っているはずだ。イエス・キリストは手にも足にもこれを受けた。だが、文句はいわなかったし、それは本物の釘《クルー》だったのだ。

元気を出せ！

お前を愛する父より

にんじんからルピック氏へ

親愛なるパパ

歯が一本生えてきたことをうれしくお知らせします。まだそんな齢《とし》ではないのですが、これは早すぎる親知らずだと思います。これで終わりにならないといいのですが。[11]また、僕がおこないを正しくし、熱心に勉強することで、父さんに満足してほしいと思っています。

愛する息子より

お前を愛する父より

ルピック氏の返事

親愛なるにんじん

ちょうどお前の歯が生えてきたころ、私の歯が一本ぐらぐらしはじめた。そして、昨日の朝、ついに抜けおちてしまった。というわけで、お前の歯が一本増えると、私の歯が一本抜ける。だから何も変わらない。家族全員の歯の数は同じなのだ。

にんじんからルピック氏へ

親愛なるパパ

聞いてください。昨日は、ラテン語教師のジャック先生の霊名祝日[12]でした。それで、

11 フランス語で「親知らず」は「知恵の歯」という。だから、「もっと知恵がつくといいのですが」という意味の言葉遊び。

クラス全員のお祝いの気持ちを表すために、みんなは僕を代表にすることに決めたのです。この名誉に奮いたって、僕は長い時間をかけて演説の原稿を準備し、なかに適当にラテン語の引用文をちりばめました。はっきりいわせてもらいますが、満足すべき出来栄えでした。それを大判の筆記用紙に清書しました。当日、「それ行け、頑張れ！」と小声で応援する仲間に勇気づけられて、僕はジャック先生が見ていない隙に、教壇のほうへ出ていきました。でも、僕が原稿を広げて、大きな声で、

「尊敬する先生」

と始めた瞬間、ジャック先生は怒って立ちあがり、こう叫びました。

「さっさと自分の席に戻りなさい！」

もちろん僕は急いで逃げかえり、席に着きました。その間、仲間たちは教科書の陰に顔を隠していたんです。ジャック先生は腹を立てて、僕を当てました。

「例文を訳したまえ」

親愛なるパパ、どう思いますか？

ルピック氏の返事

親愛なるにんじん
　お前が代議士にでもなれば、いくらでもそんな目に遭うだろう。人にはそれぞれ役目がある。教師がいったん教壇に立ったら、彼の役目は演説することで、お前の演説を聞くことじゃない。

にんじんからルピック氏へ

親愛なるパパ
　パパから預かったうさぎを、さっき、歴史・地理のルグリ先生のところへ持っていきました。この贈り物はたしかに先生を喜ばせたようです。パパに心からお礼を申しあげたいとのことでした。僕が濡《ぬ》れた傘を持ったまま部屋に入ってしまったときも、わざわざ僕から傘を受けとって、自分で玄関へ持っていってくれました。それから、ふたりで色々な話をしました。先生は、僕がその気になれば、学年末に歴史・地理の一番になれるだろうといいました。しかし、話をしているあいだ、僕がずっと立ちっ

12　自分の名前と同じ名前の聖人の祝日。聖ジャック（ヤコブ）の祝日は7月25日。

ぱなしだったなんて信じられないでしょう。それを除けば、ルグリ先生はとても親切でした。でも、もう一度いいますが、先生は椅子に座れともいってくれなかったのです。

単に忘れていたのか、それとも礼儀を知らないのでしょうか？

僕にはよく分かりませんが、パパの意見を聞きたいと思います。

ルピック氏の返事

親愛なるにんじん

お前はいつでも文句ばかりいっている。ジャック先生が席に戻れと命じたと文句をいい、ルグリ先生が自分を立たせたままにしたと文句をいう。お前はまだ齢が若いから、敬意をもって扱われるのはたぶん難しいのだ。だから、ルグリ先生が椅子を勧めてくれなかったとしても、許してあげなさい。それに、お前の背があんまり低いので、もう座っていると思ったのかもしれないぞ。

にんじんからルピック氏へ

親愛なるパパ

パパがパリへ行く用事があると知りました。フランスの首都を訪れる喜びをパパと分かちあいたいと思います。僕も行ってみたい街なので、心はパパと一緒にパリに向かいます。でも、学校の勉強のせいで旅行するのは無理だと思うので、この機会を利用して、一冊か二冊、本を買ってきてもらえないでしょうか。自分の持っている本は全部暗記してしまったからです。どんな本でもかまいません。結局のところ、みんな同じようなものですから。しかし、とくにほしい本は、フランソワ・マリ・アルエ・ド・ヴォルテールの『アンリヤード』[13]、ジャン＝ジャック・ルソーの『新エロイーズ』です。これらの本を買ってきてくれても（パリでは本は安いものです）、監督官に没収されるようなことは絶対にありません。

13 『アンリヤード（アンリ四世頌）』はヴォルテールの叙事詩で、にんじんは筆名のヴォルテールと彼の本名をごちゃ混ぜにしている。

ルピック氏の返事

親愛なるにんじん

お前が話題にした作家たちだって、お前や私と同じ人間なのだ。だから、彼らが書けることは、お前にも書ける。自分で本を書きなさい。それを自分で読めばいい。

ルピック氏からにんじんへ

親愛なるにんじん

今朝のお前の手紙にはびっくりした。何度読んでも分からない。いつものお前の文章とは違うし、書いてあるのも変なことばかりで、私だけでなくお前にも分からないのではないか。

いつもなら、お前の生活の細々したことを報告したり、お前の成績の順位、先生それぞれの長所と欠点、新しい友だちの名前、シーツやタオルの良し悪し、あるいは、よく眠れたか、お腹はいっぱいになったか、そんなことを書いてくる。

それなら私にも興味がある。だが、今日の手紙はちんぷんかんぷんだ。いまは冬なのに、この春の終わりに、とあるのは、いったいなんのことだ？　何をいいたい？

マフラーでもほしいのか？　日付も書いていないし、私宛てなのか、犬に宛てたものなのかも分からない。字体も変わっているように思えるし、改行のおかしさといい、大文字の多さといい、途方に暮れている。きっと誰かをからかっているのだろう。だが、自分で自分をからかってどうする。このことでひどく責めるつもりはないが、注意だけはしておく。

にんじんの返事

親愛なるパパ

この前の手紙について急いで説明しておきます。パパは気づかなかったみたいですが、あれは「詩」です。

小屋

この小さな小屋には、かわるがわる、にわとりや、うさぎや、豚が住んだが、いまは空っぽなので、休みのあいだはにんじんが勝手気ままに使っている。にんじんは簡単に入ることができる。この小屋には戸がないからだ。敷居にはひょろ長いイラクサが生えていて、にんじんが腹ばいになって眺めると、森のように見える。細かい埃《ほこり》が床を覆っている。壁石は湿って光っている。にんじんの髪の毛が天井に触れている。ここにいると自分だけのうちのようにくつろげるし、空想にふければ気も晴れて、余計なおもちゃなんかいらない。

いちばんの楽しみは、小屋の四隅にひとつずつ、お尻で浅い穴を作ることだ。それから鏝《こて》でパテを詰めるように、手で埃を集めてきて、お尻のまわりを固めてしまう。滑らかな壁に背をもたせかけ、脚を曲げ、膝の上で手を組んで、この穴に座っていると、なんともいい気持ちだ。最小限の場所があればいい。世界を忘れ、もう何も怖くない。大きな雷が落ちてきたら困るけれど。

皿を洗った水が流し台の排水口から近くを流れてくる。あるときは滝のように、あるときはぽたりぽたりと落ちて、にんじんのほうに涼しい風を送ってくる。

突然、警報が鳴る。

呼び声が近づき、足音がする。

「にんじん？　にんじんはいるか？」

誰かが顔を低くして覗《のぞ》きこむ。にんじんは体を小さく丸め、床と壁のあいだに張りつき、口を開けて息を殺し、目も動かさない。他人の視線が暗闇を探っているのを感じる。

「にんじん、いないのか？」

こめかみがふくれ、息がつまる。不安で叫びだしそうになる。

「あのがき、いないぞ。どこへ行きやがった？」

人の気配が遠ざかり、にんじんの体はこわばりがほぐれ、楽になる。

ふたたび考えは静けさの長い道を歩きはじめる。

いきなり騒音が耳に飛びこむ。天井で羽虫が蜘蛛《くも》の巣に引っかかり、体を震わせ、じたばたもがいている。蜘蛛が糸を伝って滑りおりてくる。その腹はパンの身のように白い。蜘蛛は不安げに体を丸め、しばらく糸にぶら下がっている。

にんじんは尻を浮かせ、蜘蛛の様子を窺《うかが》い、大詰めを待ちのぞむ。ついに蜘蛛が悲劇にむけて飛びかかり、脚を星形にすぼめ、獲物を抱えて食おうとしたとき、にんじんは分け前をよこせとでもいうように、勢いよく立ちあがる。

だが、それだけだ。

蜘蛛は上に戻ってしまう。にんじんはふたたび座りこみ、自分のなかに戻る。何も考えないその心のなかは真っ暗だ。

まもなく、にんじんのぼんやりした夢想は、砂を含んで重くなった水の流れのように、傾斜がなくなってそこで止まり、水たまりを作って、澱《よど》んでしまう。

猫

I

にんじんはこんな話を聞いた。ざりがにを釣るのに猫の肉ほどいいものはない。にわとりの臓物も、肉屋のくず肉も及ばない。

ところで、にんじんは一匹の猫を知っていた。老いぼれで、病気で、あちこち毛が抜けおちているので、誰からも相手にされない猫だ。にんじんは茶碗一杯のミルクを用意し、飲みに来い、とこの猫を自分の小屋に招いた。にんじんと猫だけだ。ねずみが一匹くらい危険を冒して壁から飛びだしてくるかもしれないが、にんじんはミルク一杯しか出すつもりはない。それを小屋の隅に置いた。猫をそちらへ誘う。

「たっぷり飲めよ」

猫の背中を撫《な》でて、やさしい言葉をかけ、すばやい舌の動きを見ているうちに、同情心が湧いてくる。

「かわいそうなやつ、長くない命を楽しむんだ」

猫は茶碗を空にし、底まできれいにし、縁を舌で拭う。あとはもう甘い味の残る自分の口を舐《な》めるしかない。

「終わったか、ほんとに終わったのか?」にんじんは相変わらず猫を撫でながら、尋ねる。「きっともう一杯飲みたいだろうな。でも、これしか盗めなかったのさ。いずれにしても、遅かれ早かれ、こうなるんだ!……」

そういうなり、猫の額に小銃の銃口を当て発射した。

銃声でにんじんは頭がくらくらした。小屋まで吹っ飛ぶかと思ったほどだ。しかし、硝煙が消えてから見ると、足元で、猫が片目でにらんでいる。

頭の半分がなくなって、血が茶碗に流れこんでいる。

「死んでないみたいだ」にんじんは呟《つぶや》く。「ちくしょう、ちゃんと狙ったのに」

にんじんは身動きできない。猫の片目が黄色く光って不気味なのだ。

猫は体を震わせてまだ生きていることを示すが、その場から動こうとはしない。血が一滴もこぼれないように、わざと茶碗のなかに垂らしているように見える。

にんじんは素人ではない。野鳥や、家畜たち、犬だって一匹殺したことがある。自分自身の楽しみにやったこともあるし、ほかの人の手伝いでやったこともある。だから、手順は心得ている。獲物がなかなか死なないときは、急いで心を奮いたたせ、気持ちをひき締めて、必要とあらば、とっくみあいも覚悟しなければならない。さもないと、偽のほとけ心が湧いてしまうのだ。臆病風に吹かれ、時間をむだにし、片を付けることができなくなる。

まずは、用心しながら突っついてみる。それから、猫の尻尾《しっぽ》を掴《つか》み、小銃で激しく首筋を何度も殴りつける。一回一回が、これで最後、とどめの一撃になると思えるほどの強烈さだ。

瀕死《ひんし》の猫は足で狂ったように虚空を引っかき、丸く縮まったかと思うと、体を反りかえらせるが、鳴き声は上げない。

「誰だよ、猫は死ぬとき、涙を流すなんていったのは?」にんじんはぼやく。

苛立《いらだ》ちが募る。時間がかかりすぎる。にんじんは小銃を放りだし、両腕で猫を抱きかかえるが、爪でひっかかれて逆上し、歯を食いしばり、血を湧きたたせて、猫の息の根をとめようとする。

だが、自分の息が上がってしまい、ふらふらになり、力尽きて、床に倒れこむ。尻もちをついたまま、猫と顔をつき合わせ、にんじんの目は猫の片目を覗《のぞ》きこんだ。

II

いま、にんじんは鉄製のベッドに横たわっている。

両親と、急報を受けた両親の知人たちが、小屋の天井の下で腰を屈《かが》めて、惨劇の現場を眺めている。

「まったく！」母親が叫ぶ。「ぐちゃぐちゃに潰れた猫を、あの子の胸からひき離すのに、とんでもない力が必要だったのよ。あの子が私をそんなふうに抱いてくれたことは一度だってありゃしないのに」

そして、母親はこの残虐行為の逐一を説明し、それはのちに家族の夕食後の団欒《だんらん》で語りつがれ、しだいに伝説と化していくのだが、ちょうどそのころ、にんじんは眠りのなかで夢を見ていた。

小川に沿って歩いている。川面には、こんなときに付きものの月の光がゆらめき、その光線が編み物をする女の針のようにちらちらと交錯する。

透明な水の下には、ざりがにを捕るための網が見え、そこに載った猫の肉片が光っている。

白い霧が草原すれすれに這《は》いより、その背後にはたぶん、ふわふわした幽霊が隠れているはずだ。

にんじんは両手をうしろに回し、幽霊たちに何も怖がることはないと教えてやる。

牛が一頭近づいてきて、立ちどまり、息を吐き、それから逃げていく。四つの蹄《ひづめ》の音を空高く響かせ、消えてしまう。

なんという静けさだ。ただ、おしゃべりな小川だけが、老婆《ろうば》の集まりのように、ぺちゃぺちゃとむだ話を続けて、苛立たしい。

にんじんは、小川を叩《たた》いて静かにさせようとするかのように、ざりがにを捕る網の取っ手をそっと持ちあげた。すると、葦《あし》の茂みのなかから、巨大なざりがにの群れが上がってきた。

ざりがにはどんどん増え、川から上がって、立ちあがり、ぎらぎらと光を放つ。

にんじんは恐怖で体が麻痺《まひ》し、逃げだすこともできない。

ざりがには、にんじんをとり囲む。

にんじんの喉をめがけて伸びあがる。
ぎりぎりと音を立てる。
もう、鋏《はさみ》をいっぱいに広げている。

羊

最初にんじんに見えたのは、飛びはねる玉みたいなものだった。それが、学校の体育館で遊ぶ子供たちみたいに、入り乱れてけたたましい叫び声を上げる。玉のひとつが股のあいだに飛びこんできて、にんじんは気持ちが悪くなる。別の玉が天窓から差しこむ光のなかで飛びはねる。子羊だ。にんじんはびくついたことがおかしくなって、笑ってしまう。目が暗闇に慣れてくると、細かいところまで見えるようになる。

出産期が始まったのだ。毎朝、農夫のパジョルが数えると、二、三匹、子羊が増えている。子羊は、母親たちのあいだで迷子になり、不格好に四つ脚をつっぱらせて、ふらふらしている。その脚は、いい加減に削った四本の棒きれみたいだ。

にんじんはまだ子羊を撫《な》でることができない。子羊のほうはもっと大胆で、にんじんの靴をぺろぺろ舐《な》めたり、口に干し草をくわえたまま、前脚をにんじんの体に乗せかけたりしている。

生後一週間も経《た》った子羊は、尻を激しく振って体を伸ばしたり、跳びあがって急に体の向きを変えたりする。昨日生まれた子羊は、痩せっぽちだが、ごつごつした膝をついて倒れても、元気いっぱいに起きあがってくる。たったいま生まれたばかりの子羊が一匹、床を這《は》っている。まだ母親に体を舐めてもらっていないので、べとべとに濡《ぬ》れている。母親は、水分で膨らんでぶるぶる揺れる自分の胎盤が気になって、子羊を頭で突いて押しかえす。

「悪い母親だ！」とにんじん。

「人間と変わらないさ」パジョルが応じる。

「自分の子供なのに、乳母に預けたいと思ってるんだね」

「たぶんな」とパジョル。「哺乳瓶で乳を飲ませなくちゃならない子羊が何匹も出てくるんだ。薬屋で売ってる哺乳瓶だぞ。でも長いことじゃない。母親に愛情が出てくるからな。いずれにしても、そう仕向けるのさ」

パジョルは母親の羊の肩に手をかけ、檻《おり》に連れていく。首にわらを結びつけて、檻から逃げたときに見分けがつくようにする。子羊が寄ってくる。母親はごりごりとやすりをかけるような音を立てて、干し草を食べている。子羊のほうは身震いしながら、まだしっかりしない脚で立ち、哀れな鳴き声を出して、乳を飲もうとする。鼻面にはぶるぶるするゼリー状の物質をいっぱいくっつけている。

「こんな母親でも愛情が出てくるのかなあ？」にんじんが尋ねる。

「ああ、あそこが治ったらな」パジョルが答える。「お産が重かったんだ」

「いいことを考えた」とにんじん。「ちょっとのあいだ、ほかの牝羊に子羊の世話をさせたらどうかな」

「その牝羊のほうが断るよ」

なるほど、羊小屋のいたるところから、母親のめえめえ鳴く声が上がり、授乳の時を教えている。にんじんの耳にはどの声も同じに聞こえるが、子羊には微妙な違いが分かるらしい。子羊はみんな真っ直ぐに、間違いなく母親の乳房に突進していく。

「羊はよその子供を盗んだりはしないんだ」パジョルが説明する。

「不思議だなあ」とにんじん。「こんな毛糸玉にも親子の本能があるなんて。どうしてだろう？　もしかしたら、匂いで嗅ぎわけるのかな」

ためしに一匹、鼻をふさいでやろうかと思ったほどだ。人間と羊をじっくり比べてみる。すると、子羊の名前を知りたくなってくる。

子羊が貪るように乳を吸っているあいだ、母親たちは脇腹を子羊の鼻でどんどん突かれながらも、のんびり、無頓着に干し草を食べている。にんじんは、水桶《みずおけ》のなかに、千切れた鎖や、車の鉄の輪や、使い古したシャベルが入っているのに気づいた。「この水桶はずいぶんきれいなんだねえ！」にんじんは生意気な口調でいう。「こうやって、羊の血に鉄分を補おうってわけだ！」

「そのとおり」とパジョル。「お前だって薬を飲むだろうが！」

パジョルはにんじんにこの水を飲んでみろと勧める。さらに栄養たっぷりになるようにと、パジョルはそこになんでも放りこむのだ。

「おい、ダニはいらないか？」パジョルが聞く。

「いいねえ」とにんじんは答えるが、なんのことだか分からない。「ともかく、うれしいよ」

パジョルは母親の羊の分厚い毛のなかを探り、爪でダニを摑《つか》まえる。黄色く、丸々と太って、たらふく血を吸った、大きなダニだ。パジョルの話では、これほどの大きさのダニが二匹もいれば、子供の頭などすものように、かじってしまうという。パジョルはにんじんの手のひらにダニを置き、悪ふざけがしたかったら、これを兄貴や姉さんの首筋か髪の毛のなかに入れてやれ、とけしかけた。

早くもダニは仕事にかかり、皮膚をかじっている。指にちくちく刺される感覚が伝わってくる。霰《あられ》でもぶつかるような感じだ。まもなく、それが手首に及び、肘にまで達する。ダニの数が増え、腕から肩までかじられているみたいだ。

そんなことなら、こっちもやってやる。にんじんはダニを摑んで、押しつぶす。手を牝羊の背中にこすりつけたが、パジョルは気づかなかった。

落としちゃったといえばいい。

それからしばらく、にんじんは羊の鳴き声を聞きながら、物思いにふけるようだった。しだいに羊の鳴き声は収まっていく。まもなく、羊の顎がゆっくりと嚙《か》みくだく干し草の鈍い音しか聞こえなくなるだろう。

色褪《あ》せた縞《しま》模様のマントが、まぐさ棚の柵に引っかかっている。まるでたったひとりで、羊の番をしているようだ。

名づけ親

ときどき、ルピック夫人は、にんじんが名づけ親に会いに行くことを許し、場合によっては、泊まってきてもいいという。名づけ親は、ひとり暮らしの無愛想な老人で、毎日、釣りをするか、ぶどうの世話をして過ごしている。好きな人間は誰もいないが、にんじんのことは大目に見ている。

「来たか、ぼうず！」名づけ親が迎える。

「来たよ」にんじんは答えるが、キスもしない。「僕の釣り道具は用意してくれた？」

「わしらふたりにひとつで十分だ」名づけ親が答える。

物置の戸を開けると、にんじん用の釣り道具が用意されている。こんなふうに名づけ親はにんじんをよくからかう。しかし、万事心得たにんじんは文句をいったりしないし、老人のへそ曲がりのせいでふたりの仲がこじれたりもしない。老人が「よし」というときは「だめ」で、「だめ」というときは「よし」の意味だ。そこを間違えなければいいのだ。

「名づけ親が楽しいなら、それでいいさ」とにんじんは考えている。

そうして、ふたりはいつも仲よしだ。

名づけ親はたいてい週に一度しか料理を作らず、それを一週間食べつづける。にんじんのために、いんげん豆と大きな豚の脂身を大鍋に入れて火にかける。一日を始めるにあたって、にんじんに水で割らないワインを無理に一杯飲ませる。

それから、ふたりで釣りに行く。

名づけ親は川辺に腰かけ、手順どおりテグスをほどいていく。長い釣り竿《ざお》に重い石を載せて動かないようにし、大きい魚しか釣らない。釣った魚は、赤ちゃんを産着でくるむように手拭いに包んで涼しい場所へ置く。

「気をつけろよ」老人はにんじんに注意する。「浮きが三度沈まないうちは、竿を引きあげちゃいかんぞ」

にんじん「どうして三度なの?」

名づけ親「最初のはなんでもない。魚が突っついただけさ。二度目は本気だ。餌を呑《の》みこんだんだ。三度目なら確実だ。もう逃げることはできない」

にんじんは川ハゼを釣るほうが好きだ。靴を脱いで川に入り、足で川底の砂を掻《か》きまわし、水を濁らせる。すると、間抜けなハゼが寄ってきて、竿を入れるたびに、一匹ずつ釣れる。名づけ親に大声で知らせるひまもないくらいだ。

「十六、十七、十八匹だよ！……」

名づけ親はお日さまが頭の上に来ると、昼食に帰ろうという。そして、にんじんに白いんげんをたらふく食べさせるのだ。

「これほどうまいものはない」老人は説明する。「どろどろになるまで煮こんだのが好きなんだ。生煮えのいんげんをごりっと噛《か》んだり、やまうずらの手羽のなかに銃の弾を噛みあてたりするくらいなら、鉄のつるはしをかじったほうがまだましだ」

にんじん「このいんげんは舌のうえでとろけるね。ママの料理もいつもそんなにまずくないけど、これほどはおいしくない。クリームをけちってるからだな」

名づけ親「ぼうず、お前の食べっぷりを見てるとうれしくなるよ。母さんの前では、腹いっぱい食べてないんだな」

にんじん「ママの食欲によるんだよ。ママのお腹がへってれば、僕もたっぷり食べられる。自分の皿によそうときに、僕にもおまけをよそってくれるからね。でも、ママが終われば、僕も終わりさ」

名づけ親「ばかだな、もっとくれって頼むんだよ」

にんじん「いうはやすしだよ。でも、お腹はへってるくらいがちょうどいいんだ」

名づけ親「わしには子供がいないが、猿が自分の子供だったら、その猿の尻だって舐《な》めてやるぞ！　なんとかしてもらえよ」

ふたりの一日はぶどう畑で終わる。にんじんは名づけ親がつるはしで畑を耕すのを見ながら、一歩一歩あとをついていったり、ぶどうづるの束の上に寝転がって、空を眺めながら、柳の若い枝をかじったりする。

泉

にんじんは名づけ親と一緒に寝るが、寝心地がいいわけではない。寝室が寒くても、羽毛布団のベッドは暑くなりすぎる。名づけ親の老いた手足には快適だが、名づけ子はすぐに汗びっしょりになる。だが、ともかく母親からは離れて眠ることができる。

「そんなに母さんが怖いのか？」名づけ親は尋ねる。

にんじん「というか、ママは僕のことがそんなに怖くないんだよ。ママが兄さんにお仕置きしようとすると、兄さんは箒《ほうき》の柄をひっ摑《つか》んで、ママの前に立ちはだかる。すると、ママは手出しできなくなっちゃうんだ。だから、ママは兄さんの気持ちをくすぐろうとする。ママがいうには、フェリックスはとても感じやすい子だから、ぶっても意味がない。ぶっていうことを聞くのは、にんじんのほうだって」

名づけ親「お前も箒でやってみろよ」

にんじん「ああ！　そうできたらなあ！　フェリックスと僕はよく喧嘩《けんか》するよ。本気でも、おふざけでも。僕は兄さんに負けないくらい強いから、僕だって兄さんみたいに逆らうことはできる。でも、僕が箒をもってママに立ちむかっても、ママは僕が箒を渡そうとしたと思うだろうな。それでママは箒を受けとって、ありがとうっていって、それで僕を叩《たた》くだろうね」

名づけ親「もういいよ、ぼうず、眠るんだ！」

しかし、ふたりとも眠ることができない。にんじんは寝返りをうち、息苦しくなって、喘《あえ》ぐように空気を吸う。名づけ親はかわいそうになる。

にんじんがうとうとしたころ、突然、老人が腕を摑む。

「ぼうず、いるか？」老人が尋ねる。「いま夢を見ていて、お前がまだ泉にいるかと思ったんだ。あの泉のことを覚えているか？」

にんじん「覚えているどころじゃないよ。でも、文句をいうわけじゃないけど、その話はもう何度も聞いたよ」

名づけ親「でもなあ、ぼうず、あのときのことを思いだすたび、体じゅうに震えが来るんだ。わしは草の上で眠っていた。お前は泉のほとりで遊んでいて、滑って、水に落ちて、悲鳴を上げて、もがいていたんだ。でも、わしはばかなことに、何も聞こえなかった。水は猫が溺れるほどの深さもなかったよ。でも、お前は立ちあがらなかった。それが悪かったよ。立ちあがろうとは思わなかったのか?」

にんじん「水のなかで何を考えてたかなんて覚えていると思うの!」

名づけ親「結局、お前がばちゃばちゃやる音で目が覚めた。ぎりぎりで間に合ったよ。ぼうず! 悪かったな! お前はポンプみたいに水を吐いた。服を替えて、ベルナール坊やのよそいきを着せてやったんだ」

にんじん「うん、ちくちくする服だった。体をぼりぼり掻《か》いたよ。あれは馬の毛で作った服だったの?」

名づけ親「まさか。でも、ベルナール坊やから借りられるシャツがなかったんだよ。いまでこそ笑いごとだが、一分、いや一秒遅くても、水から引きあげたときには死んでいただろうな」

にんじん「はるか遠くに行ってたってわけだ」

名づけ親「やめてくれ。わしもつまらないことをいいだしたもんだ。でも、あれ以来、ぐっすり眠れた夜がない。眠れないのは天罰さ。当然の報いだ」
にんじん「おじさん、僕はそんな報いは受けてないよ。眠くってしょうがないんだ」
名づけ親「もういいよ、ぼうず、眠るんだ」
にんじん「眠ってもいいなら、手を放してよ。僕が寝たら、握ってもいいから。それから、脚も引っこめて。毛むくじゃらなんだもの。僕は人に触られてると、眠れないんだ」

スモモ

ふたりはしばらく落ちつかず、羽毛布団のなかでもぞもぞ動いていた。名づけ親が聞いた。

「ぼうず、寝てるか?」

にんじん「いや、寝てない」

名づけ親「わしもだ。いっそ起きちまおうかな。よければ、みみずを取りに行こう」

「いい考えだね」にんじんは答える。

ふたりはベッドから飛びおき、服を着て、ランプに火をともし、庭に出ていく。

にんじんがランプを持ち、名づけ親がブリキ缶を持つ。缶には湿った土が半分ほど入っていて、そこにみみずを入れて釣りの餌にするのだ。缶の上に湿った苔《こけ》をかぶせておけば、みみずが逃げる心配はない。一日じゅう雨が降ったあとなど、みみずはいくらでも取れる。

「みみずを踏みつぶすなよ」名づけ親が注意する。「静かに歩け。スリッパのほうがいいんだ。ただ、足を濡《ぬ》らして風邪《かぜ》をひきたくないからな。ほんの少し音を立てただけで、みみずは穴に引っこんじまう。穴から出て遠く離れたときでなけりゃ、捕まえることはできない。さっと捕まえて、逃げられないように軽くつまむんだ。穴に半分逃げかえったやつは、放したほうがいい。ちぎれてしまうからな。ちぎれたみみずはなんの役にも立たない。それどころか、ほかのみみずを腐らせちまうし、敏感な魚はそんなものに見向きもしない。みみずをけちる漁師もいるが、大間違いだ。生きたみみずは水の底で縮こまる。そんなみみずを丸ごと使わなきゃ、いい魚は釣れない。魚はみみずに逃げられると思って、追いかける。そして、安心しきって、ぱくりと呑《の》みこむんだ」

「僕はぜんぜんうまく取れないなあ」にんじんはつぶやく。「みみずの汚い汁で指がべとべとになっちゃった」

名づけ親「みみずは汚くなんかない。この世でいちばんきれいなもんだ。土しか食わないからな。ぎゅっと押しても、土しか出てこない。わしなんか、食べちまうぞ」
にんじん「僕は遠慮するよ。僕のをあげるから、食べてごらん」
名づけ親「こいつはかなり大きいな。まず火であぶって、パンに載せて食べるといい。でも、小さいのなら生で食べられる。スモモに付いてるやつなんかだ」
にんじん「うん、知ってるよ。だから、うちの家族はおじさんを気持ち悪がるんだ。とくにママだね。おじさんのことを考えると、吐き気がするって。僕はおじさんの真似をする気はないけど、おじさんのやることは認めるよ。だって、うるさいことをいわないし、僕たちはとても気が合うからね」

にんじんはランプを持ちあげ、スモモの枝を引きよせて、いくつか実を取る。できのいい実は自分用にとっておき、虫が食ったのを名づけ親に渡す。老人は丸ごと、種も一緒に呑みこんでしまう。

「こういうのがいちばんうまいんだ」

にんじん「ああ！　僕だっていつかはそんなふうに、おじさんみたいに食べてみせるよ。ただ、口が臭くなって、キスするときに、ママに気づかれるんじゃないかな」
「匂いなんか何もしないぞ」名づけ親は名づけ子の顔に息を吹きかける。
にんじん「ほんとだ。煙草《たばこ》の匂いしかしないや。でも、匂いがきつすぎるよ。おじさんのことは大好きだよ。でも、パイプを吸わなけりゃ、誰よりももっと好きになれるのに」
名づけ親「そういうなよ、ぼうず！　こいつは健康にいいんだから」

マチルド

「ちょっと、ママ」姉のエルネスチーヌが息を切らしてルピック夫人にいいつける。「またにんじんが牧場でマチルドと結婚ごっこをやってるわよ。フェリックスが衣装を着せてるの。でも、たしか、やっちゃいけない遊びだったわよね」

じっさい、牧場でマチルドは、白い花を咲かせた野生のクレマチスの衣装を着て、身動きせずに立っている。全身着飾って、オレンジの花冠を頭につけた本物の花嫁のように見える。だがそのクレマチスの量ときたら、一生分の腹痛の薬に使えそうだ。

クレマチスはまず頭の上で冠のように編まれ、それから大量に顎の下をくぐり、背中に回り、腕に沿って垂れさがる。そして、蔓《つる》を伸ばして腰に巻きつき、引き裾となって地面に達し、その裾を兄のフェリックスがさらにどこまでも広げていく。

フェリックスはうしろに下がりながら、声をかける。

「動いちゃだめだぞ！　にんじん、次はお前の番だ」

今度はにんじんが花婿として、同じクレマチスで飾られる。だが、そこかしこに、ケシの花や、サンザシの実や、黄色いタンポポの鮮やかな色が交じって、マチルドと区別がつくようになっている。にんじんは笑う気などさらさらなく、三人とも大真面目《おおまじめ》だ。それぞれの儀式に、それにふさわしい雰囲気があることを知っているのだ。葬式では初めから終わりまで悲しそうにしなければならないし、結婚式のときはミサが終わるまで厳《いか》めしい顔をしている必要がある。そうでなければ、どんなごっこ遊びをしても面白くない。

「手をつないで」フェリックスが命じる。「前に進むんだ！　しずしずとね」

ふたりはすこし離れたまま、足並みをそろえて進む。マチルドの足がもつれ、彼女は引き裾をからげて、指でつまんで持ちあげた。その間、にんじんは片足を上げたま、やさしく待っている。

フェリックスはふたりを牧場じゅう引きまわす。うしろ向きに歩きながら、腕を振り子みたいに振って、歩く速さを指示してやる。村長になったつもりでふたりにお辞儀をし、ついで、司祭さまの真似をして祝福を授ける。さらに、お祝いに来た友人になって祝辞を述べ、最後はバイオリン弾きに扮《ふん》して、木の枝を二本こすりあわせる。ふたりをあちらこちらへと歩かせる。

「止まって！」と命令する。「ずれてきたぞ」

だが、マチルドの冠を軽く叩《たた》いて元のように整えると、すぐに行進を再開させる。

「痛い！」と叫んでマチルドが顔をしかめる。

クレマチスの巻きひげが絡んで、髪の毛を引っぱっている。フェリックスは髪の毛ごと抜いてしまう。また行進が始まる。

「いいぞ」フェリックスが声をかける。「もう結婚したんだから、キスをして」

ふたりがぐずぐずしていると、

「おい！　どうしたんだ！　キスしろよ。夫婦になったら、キスするもんだ。やさしいところを見せて、愛してるっていうんだよ。石みたいにこちこちじゃないか」

フェリックスは先輩風を吹かせ、ふたりの不器用さをからかう。すでに女の子に愛の言葉をかけたことがあるのかもしれない。手本を見せるため、自分が最初にマチルドにキスをする。世話役のお駄賃というところだ。

にんじんは大胆になって、蔓草ごしにマチルドの顔を探しあて、頬にキスする。

「本気だよ」にんじんはささやく。「君と結婚してもいい」

マチルドはにんじんを受けいれ、キスを返す。ふたりともぎこちなく、はにかんだ様子で、すぐに真っ赤になる。

フェリックスは両手の人差し指を角のように突きだして、囃《はや》したてる。

「やーい、てれた、てれた！」

フェリックスは二本の指をこすりあわせ、足を踏みならす。口の端に唾の泡がたまっている。

「ばかだな！　その気になってやがる！」

「いっとくけど」にんじんはいい返す。「僕はてれてなんかいないし、ばかにするなら、してもいいよ。でも、僕がマチルドと結婚するのを兄さんが止めることはできないよ。ママが賛成してくれたらね」

ちょうどそのとき、ママ自身が賛成しないと答えに来た。牧場の木戸を押しあけ、告げ口したエルネスチーヌをお供に連れている。生垣のそばを通るとき、イバラの細い枝を折りとって、葉っぱをむしり、棘《とげ》だけを残した。

彼女は真っ直ぐに近づいてくる。嵐と同じで避けられない。

「びしりとやられるぞ」フェリックスが警告する。

自分は牧場の端まで逃げ、安全地帯で高みの見物だ。

マチルドはぶるぶる震え、声を出して泣きながら、しゃくりあげている。
にんじん「大丈夫だよ。ママのことはよく分かってる。僕だけに怒ってるんだ。僕が全部引きうけるよ」
マチルド「ええ、でもあなたのママがあたしのママにいうわ。そしたら、今度はあたしがぶたれる」
にんじん「体罰。体罰っていうんだ。夏休みの宿題の間違いを直すようなものさ。君のママは体罰をするの？」
マチルド「ときどき。場合によるわ」
にんじん「僕はいつもだな」
マチルド「でも、あたしは何もしてないのに」
にんじん「そんなことは関係ないんだ。ほら来たぞ！」
ルピック夫人が近づく。ふたりを捕まえたも同然だ。時間はたっぷりあるので、歩調を緩める。夫人がすぐそばまで近づくと、エルネスチーヌは、うしろに振りかぶった枝で叩かれないように、体罰が荒れくるう舞台の手前で立ちどまる。「妻」を守ろうと、にんじんは前に出る。「妻」はいっそう激しく泣きじゃくる。野生のクレマチスの白い花が震えていり乱れる。ルピック夫人が枝を振りあげ、叩こうとする。青ざめたにんじんは両手を交差させ、首を縮める。すでに腰のあたりが熱くなり、やられる前からふくらはぎがひりひりと痛む。だが、にんじんは胸を張って叫ぶ。

「どうってことないさ、笑っちゃえばいいんだ！」

金庫

次の日、にんじんがマチルドに会うと、彼女はこういった。
「あなたのママが来て、あたしのママに全部報告したわ。あたし、すごくお尻をぶたれちゃった。あなたは？」
にんじん「もう忘れちゃったよ。でも、君がぶたれることはないな。僕たちは何も悪いことをしてないんだから」
マチルド「ほんとにそうよ」
にんじん「君と結婚してもいいっていっただろ。あれは本気だよ」
マチルド「あたしも、あなたと結婚してもいいわ」
にんじん「君は貧乏で、僕は金持ちだから、僕は君のことをばかにしてもおかしくないんだ。でも、大丈夫。僕は君のことを大事に思ってるから」
マチルド「にんじん、あなたってどれくらいお金持ちなの？」

にんじん「うちの親は少なくとも一〇〇万はもってるよ」
マチルド「一〇〇万って、どれくらい？」
にんじん「すごくたくさんだよ。百万長者はお金をいくら使っても使いきれないんだ」
マチルド「うちの親なんか、いつもお金がないって文句をいってるわ」
にんじん「ああ！　うちも同じさ。みんな同情されようとして、愚痴をこぼすんだ。さもなければ、妬み深い連中のご機嫌をとるためさ。でも、僕はうちが金持ちなのを知ってる。毎月いちばん最初の日、パパはしばらく寝室にひとりでこもるんだ。そうすると、金庫の錠前がきしる音が聞こえてくる。いつも夕方で、アマガエルの鳴き声みたいな音だ。パパはおまじないを唱える。ママも、兄さんも、姉さんも、誰も知らない言葉で、パパと僕しか知らない。そうすると、金庫が開くのさ。パパはそこからお金を出して、台所に持っていって、テーブルの上に置く。ひと言もいわずに、お金をじゃらじゃら鳴らすんだ。そうすると、かまどで仕事をしているママが気づく。パパが出ていくと、ママは振りむいて、急いでお金をかき集める。毎月そんなことをして、もうずっと前から続いている。金庫のなかに一〇〇万以上あるって証拠だよ」

マチルド「開けるときに、おまじないをいうのね。どんな文句？」
にんじん「だめだめ、絶対に教えない。結婚したら教えてやるよ。絶対に誰にもいわないって約束してくれれば」
マチルド「いますぐ教えてよ。絶対に誰にもいわないって、いまここで約束するから」
にんじん「だめだよ。僕とパパの秘密なんだ」
マチルド「ほんとは知らないのね。知ってたら、いえるはずだもの」
にんじん「悪いけど、知ってるよ」
マチルド「知らない、知らないのよ。ほんとにいい気味だわ」
「知ってるよ。賭けをしようか」にんじんは真面目《まじめ》な顔でいう。
「何を賭けるのよ？」マチルドはおそるおそる尋ねる。
「僕の触りたいところを触らせてくれ。そしたら、文句を教えてあげる」
マチルドはにんじんを見つめる。どういう意味かよく分からない。灰色の目をずるそうに細めた。いまや知りたいことが、ひとつからふたつに増えたのだ。

「先に文句を教えてよ、にんじん」

にんじん「そしたら、好きなところを触らせるって誓うね」

マチルド「ママがやたらに誓いなんかしちゃいけないって」

にんじん「じゃあ、教えない」

マチルド「もう教えてくれなくてもいいわ。分かったもの。分かっちゃった」

にんじんは苛立《いらだ》って、口調がぞんざいになった。

「いいか、マチルド、君はなんにも分かっちゃいない。でも、約束したから、信じてやるよ。パパが金庫を開ける前に唱える文句はね、『シラヌガホトケ』っていうんだ。これでもう好きなところを触っていいね」

「シラヌガホトケ！ シラヌガホトケ！」マチルドは、秘密を知った喜びと、それがでたらめではないかという不安に駆られて、あとずさりながらいった。「ほんとにあたしをだましてるんじゃないのね？」

するとにんじんはそれには答えず、ぐいと手を伸ばして前に進んできたので、マチルドは逃げだした。にんじんはマチルドが当てつけのように笑う声を聞いた。

マチルドが消えるなり、背後からせせら笑う声がした。

振りかえると、馬小屋の天窓から、お屋敷の下男が顔を出し、歯をむき出しにしている。

「見たぞ、にんじん」下男は大声を出す。「全部お前の母さんに話してやるからな」

にんじん「遊んでただけだよ、ピエールさん。あの子をからかったんだ。シラヌガホトケっていうのは、僕が考えたでたらめな言葉だよ。それに、本当の文句は知らないんだ」

ピエール「あわてるな、にんじん。シラヌガホトケはどうでもいい。お前の母さんにそんな話はしない。話すのは別のことだ」

にんじん「別のこと？」

ピエール「そう、別のことだ。たしかに見たんだぞ、にんじん。見られなかったとはいわせない。まったく！　齢《とし》のわりにませてるじゃないか。今晩、どれほど耳を引っぱられるか、覚悟しておけよ」

にんじんは返す言葉もない。髪の赤さが目立たなくなるほど顔を真っ赤にして、両手をポケットに突っこみ、鼻をすすりながら帰っていく。がまがえるのようにのろのろと。

おたまじゃくし

にんじんはひとり、中庭で遊んでいる。庭の真ん中にいるのは、ルピック夫人が窓から見張りやすいようにだ。叱られない遊びをするように気をつけていると、友だちのレミが現われた。同い年の少年で、脚が悪い。いつも駆けたがるので、不自由な左脚は右脚に遅れて引きずられ、けっして右脚に追いつかない。レミはざるを手にもって、声をかけてきた。

「来ないか、にんじん？　パパが川に網を張るんだ。その手伝いをしながら、僕たちはざるでおたまじゃくしを取ろうぜ」

「ママに聞いてくれよ」にんじんは答える。

レミ「なんで僕が聞くんだ？」

にんじん「僕が聞いたら、絶対許してもらえないからさ」

ちょうどルピック夫人が窓の向こうに姿を現わした。

「おばさん、にんじんとおたまじゃくしを取りに行ってもいいですか？」

ルピック夫人は窓ガラスに耳を押しつけた。レミは声を大きくして同じ言葉をくり返す。ルピック夫人は分かったらしい。口を動かしているのが見えるが、何も聞こえない。子供たちはどうしていいか分からず、顔を見あわせる。だが、ルピック夫人は顔を横に振る。明らかにだめということだ。

「行っちゃいけないって」とにんじん。「たぶん、あとで用をいいつけられるんだ」

レミ「しょうがないな。すごく面白いのに。ママにだめっていわれたら、だめだな」

にんじん「ここにいてくれよ。一緒に遊ぼう」

レミ「いやだよ！　だめだめ。おたまじゃくしを取るほうが面白い。天気もいいし、ざるに何杯も取れるぜ」

にんじん「ちょっと待てよ。ママはいつでも最初はだめっていうけど、そのうち考えを変えることもあるんだ」

レミ「じゃあ一五分待とう。一五分だけだぞ」

ふたりはそこに立ったまま、ポケットに手を突っこみ、素知らぬ顔で玄関の石段のほうを窺《うかが》っている。まもなくにんじんがレミを肘でこづいた。

「いったとおりだろ？」

たしかに扉が開き、ルピック夫人が手ににんじんのためのざるを持って、石段を一段降りた。だが、そこで立ちどまり、不審そうな顔をしている。

「あら、レミ、まだいたの？　もう行っちゃったかと思ったわ。あなたのパパに、レミがさぼっていたっていいつけるわよ。きっと叱られるからね」

レミ「でも、おばさん、待っててくれといったのは、にんじんなんです」

ルピック夫人「まあ！　本当なの、にんじん？」

にんじんは、そうだとも、違うともいわない。ルピック夫人の性格は知りつくしている。だから、今回の行動も予想できたのだ。だが、レミのばかがことを面倒にして、すべてを台なしにしてしまった。にんじんはもうどうなろうとかまわない。足で草を踏みながら、そっぽを向いている。

「でもね」ルピック夫人がいう。「私は前にいったことをとり消したりはしないわよ」

それきり何もいわない。

石段を上がって家に入る。にんじんがおたまじゃくしを取るのに使うはずだったざるも一緒に持っていく。ざるに入っていたクルミをわざわざ別の場所に移したのに。

レミはすでに遠くまで行ってしまった。

ルピック夫人はほとんど冗談をいわない。よその家の子供たちは夫人におそるおそる近づき、学校の先生と同じくらい恐れている。

逃げたレミは一目散で川に向かう。すごい勢いで走り、相変わらず左脚を引きずって、道の砂埃《すなぼこり》に一本の筋をつけている。左脚は踊りを踊り、鍋のようにしゅうしゅういう音を立てる。

一日を棒に振ったにんじんは、もう遊ぼうとはしない。

素晴らしい遊びのチャンスを逃したのだ。

まもなく悔しい気持ちがやって来るだろう。

にんじんはそれを待ちのぞむ。

ひとりぼっちで、頼るものもなく、退屈に耐え、自然に罰が下されるのをただ待っている。

どんでん返し

第一場

ルピック夫人「どこへ行くの？」
にんじん（新しいネクタイを結び、靴を拭くため、一生懸命、靴に唾を吐きつけている）「パパと散歩に行くんだ」
ルピック夫人「行っちゃだめ、分かった？　さもないと……」（勢いをつけるように、右手をうしろに回す）
にんじん（小さな声で）「分かったよ」

第二場

にんじん（柱時計の前で考えこみながら）「どうしたらいい？　ぶたれるのはいやだ。

パパはママほどぶたないし。ちゃんと数えてみたんだ。パパには悪いけど、しょうがないや！」

第三場

ルピック氏（にんじんをかわいがるが、いつも仕事で駆けずりまわり、ぜんぜん相手をしてやらない）「おい！　行こう」
にんじん「だめなんだよ、パパ」
ルピック氏「何、だめだって？　行きたくないのか？」
にんじん「違う！　行きたいよ！　でも、だめなんだ」
ルピック氏「説明しなさい。どういうことなんだ？」
にんじん「なんでもない、でもうちにいるよ」
ルピック氏「ほう！　そうかい！　また、いつもの気まぐれか。なんて変わり者なんだ！　まったく手に負えないよ。行きたいっていったかと思えば、今度は行きたくないだ。ああ、家にいればいい。勝手に泣きべそをかいていろ」

第四場

ルピック夫人（いつも扉の陰で立ち聞きし、何も聞きのがさない）「かわいそうに！（ねこなで声を出して、にんじんの髪を撫《な》で、それから引っぱる）ひどく泣いてるじゃないの、パパのせいね……（こっそりルピック氏のほうを見て）いやだっていうのに、連れていこうとしたのね。ママはこんなにひどくいじめたりはしないわよね」（ルピック夫妻、たがいに顔をそむける）

第五場

にんじん（戸棚の奥に入って。口に指を二本、鼻に一本突っこんでいる）「誰もがみなし子になれるってわけじゃないんだ」

狩り

ルピック氏はふたりの息子をかわるがわる狩りに連れていく。息子は父親のうしろのすこし右側を歩く。猟銃の銃口を避けるためだ。そして獲物袋を持つ。ルピック氏はいくら歩いても疲れを知らない健脚だ。にんじんも驚くべき強情さを発揮して、文句ひとついわず父親に付いていく。靴のせいで足が痛いが、そんなことはひと言も口に出さない。足の指が縄のようによじれ、指先が膨れあがって、小さな槌《つち》のような形になっている。

ルピック氏は狩りの初めに野うさぎを撃ち殺し、こういった。

「こいつはいちばん近くの農家に預かってもらうか、それとも、生垣のなかに隠して、夕方、取りに来ようか?」

「だめだよ、パパ」にんじんは答える。「僕が持って歩く」

そんなわけで、一日じゅう、二匹のうさぎと五羽のやまうずらを持って歩くことになる。肩の痛みをやわらげるために、獲物袋の負い紐《ひも》の下に手を入れたり、ハンカチを挟んだりする。誰かに出会うと、大げさな身ぶりで背中の袋を見せ、ひとときその重さを忘れる。

だが、獲物がぜんぜん仕留められず、人に自慢する楽しみもなくなると、疲れが身にしみてくる。

「ここで待ってろ」ときどきルピック氏は命令する。「あの畑を探してくるからな」

にんじんは苛々《いらいら》しながら、日の照りつける下でじっと立っている。そして、父親が、畝《うね》から畝へ、土の山から山へ、畑を踏みつけ、踏みかため、馬鍬《まぐわ》を使うように地ならししていくのを見ている。猟銃で、生垣や茂みやアザミの集落を叩《たた》いていく。その間、犬のピラムでさえ耐えられなくなり、日陰を探して、へたりこみ、舌をだらりと垂らして、息を喘《あえ》がせている。

「あんなところにはなんにもいない」とにんじんは考える。「でもいいさ、地面を引っぱたいて、イラクサを蹴《け》ちらして、そこらじゅう引っかきまわせばいい。もし僕が野うさぎで、草に覆われた溝の穴に住んでいたら、この暑さのなかを動きまわったりするもんか！」

にんじんはひそかにルピック氏を呪い、ちょっとだけ罵倒する言葉を口にする。

だが、ルピック氏はさらに生垣を乗りこえ、隣のウマゴヤシのなかを探しまわる。今度こそ、野うさぎか何かが見つからないはずはない。

「パパはここで待ってろといったけど」にんじんはつぶやく。「そろそろあとを追いかけたほうがいい。出だしが悪い日は、終わりも悪い。パパ、走りまわって汗をかけ。犬を引きずりまわわせ。僕をへとへとにさせてくれ。どうせ座ってるのと同じなんだから。今夜は手ぶらで帰ることになるだろう」

だが、にんじんは無邪気に迷信を信じている。

ピラムは《僕が帽子のへりを触ると》、毛を逆立て、尾をぴんとさせて、立ちどまる。ルピック氏は、ぬき足さし足で、できるだけ近くまで進み、肩の下のくぼみに猟銃の銃床を押しあてる。にんじんはじっと身動きしない。最初の興奮が湧きあがってきて、息苦しくなる。

《僕が帽子を脱いで持ちあげると》、二羽のやまうずらか、一匹の野うさぎが飛びだす。そして、《僕が帽子をそのままおろすか、帽子を持って最敬礼の真似をするかで》、ルピック氏が獲物を逃すか、射止めるかが決まる。

にんじんも、この方式が百発百中ではないと認めている。同じ動作を何度もくり返しすぎると効力が薄れてしまう。運命の女神だって、いつも同じ合図に答えるのは飽き飽きしてしまうらしい。にんじんは控えめに時間をおいて、合図を送る。こうすれば、だいたいはうまくいく。

「私が撃つところを見たか？」ルピック氏はそう尋ねながら、まだ温かい野うさぎを持ちあげ、金茶色に光る腹を押して、最後の糞《ふん》をさせる。「なぜ笑ってる？」

「だって、パパが仕留めたのは、僕のおかげだからさ」にんじんは答える。

そして、この新たな成功に得意になって、堂々と自分の秘法を開陳した。

「お前、本気か？」とルピック氏。

にんじん「もちろん！　いつもうまくいくとは限らないけど」

ルピック氏「いい加減にしろ、ばかだな。いいか、頭がいい子だという評判を落としたくなかったら、よその人の前でそんな嘘《うそ》八百を並べるんじゃないぞ。大笑いされるのがおちだ。まさか、パパをからかってるんじゃないだろうな」

にんじん「からかってなんかいないよ。でも、パパのいうとおりだ。ごめんね。僕がばかだったよ」

蝿

そのあとも狩りは続く。にんじんは自分がばかに思えて仕方がなく、後悔して肩をすくめる。あらためて元気を奮いおこし、父親の足跡を追っていく。ルピック氏が左足で踏んだ場所にきちんと自分の左足を置くように努力するのだ。人食い鬼から逃げるみたいに大股で歩くことになるが。休むのは、クワの実か、野生のナシか、リンボクの実を取るときだけだ。リンボクの実を食べると、口のなかが引きしまり、唇の色が白っぽくなって、喉の渇きを癒してくれる。また、獲物袋のポケットには、ブランデーの小瓶が入っている。ひと口、またひと口と、にんじんはひとりでほとんど全部飲んでしまう。ルピック氏のほうは狩りの興奮に酔って、ブランデーを飲むことを忘れている。

「パパ、ひと口どう?」

風に乗って聞こえてくるのは、いらんという声だけだ。にんじんは自分が勧めたひと口を自分で飲み、小瓶を空にしてしまう。頭がふらふらになるが、ふたたび父親を追いかけようとする。突然、立ちどまり、指を耳の穴に突っこんで、乱暴に動かしてから、出してみる。そして、何かに耳を澄ますふりをして、ルピック氏に大声で呼びかける。

「ねえ、パパ、蠅《はえ》が耳に入っちゃったみたいだ」

ルピック氏「取ればいい」

にんじん「奥に入りすぎて、指が届かないんだ。ぶんぶんいってる音が聞こえるよ」

ルピック氏「そのうち死ぬだろう」

にんじん「でも、パパ、なかで卵を産んだり、巣を作ったりしたら、どうする?」

ルピック氏「ハンカチの隅を突っこんで、潰してしまえ」

にんじん「ちょっとブランデーを入れたら、溺れて死なないかな? やってもいい?」

「なんでも入れろ」ルピック氏は怒鳴る。「だが、急いでやれよ」

にんじんは耳に小瓶の口を当てる。小瓶をもう一度空にするふりをする。ルピック氏が自分でも一杯飲みたいと思いついたときのための用心だ。

それから、にんじんは駆けだしながら、陽気にこう叫ぶ。

「おーい、パパ、蝿の音はもう聞こえないよ。死んだと思う。でもね、こいつがみんな飲んじゃったよ」

初めてのやましぎ

「そこにいろ」ルピック氏が命じる。「いちばんいい場所だからな。私は犬を連れて森をひと回りして、やましぎを飛びださせる。『ぴっぴっ』って鳴き声が聞こえたら、耳を澄まして、しっかり見ていろよ。やましぎがお前の頭の上を通るから」

にんじんは猟銃を横に倒して両腕で抱えた。やましぎを撃つのは初めてだ。これまでルピック氏の猟銃を使って、一羽のうずらを殺し、一羽のやまうずらの羽を吹きとばし、野うさぎも一匹撃ちそこねたことがある。

うずらは、犬が立ちどまった鼻先で、地面にいるのを仕留めた。にんじんは最初、その土の色をした丸い小さな球を見ても、うずらだと分からなかった。

「もっと下がれ」ルピック氏は命じた。「それじゃ近すぎる」

だが、にんじんは本能的に一歩前に踏みだし、猟銃を肩に当て、銃口を突きつけて発砲した。黒っぽい球は地面にめりこみ、木っ端みじんになって、少しの羽と血まみれのくちばし以外、跡形もなくなった。

だが、若き狩人《かりゅうど》の名声を決定するのは、やましぎを仕留めた瞬間だ。今日の夕刻こそ、にんじんの生涯の記念日にならねばならない。

誰でも知っているように、黄昏《たそがれ》どきに、人の目はだまされやすい。ものが輪郭をあいまいにして揺れうごくからだ。蚊が一匹飛んできただけで、嵐が近づいたのと同じくらい視界が乱される。だから、にんじんは胸を高鳴らせながら、一刻も早くその時が来るのを待ちこがれた。

つぐみが牧場から帰ってきて、カシの木のあいだにすばやく紛れこむ。目を慣らすため、にんじんはつぐみを狙う。猟銃の銃身を曇らせる水気を服の袖で拭う。乾いた落葉があちこちで、かさかさと音を立てる。

ついに、二羽のやましぎが飛びたつ。長いくちばしのせいで飛びかたが重い。恋人同士のように追いつ追われつしながら、ざわめく森の上を旋回する。

ルピック氏が予告したように「ぴっぴっぴっ」と鳴いたが、鳴き声があまりに遠いので、にんじんは本当にこちらにやって来るか不安になった。それでしきりに目を動かす。ふたつの影が頭上を横切るのを見た瞬間、腹に銃床を当て、空に向けて当てずっぽうで引き金をひいた。

二羽のうち一羽のやましぎが、くちばしを下にして落ちてくる。耳をつんざく発砲の音が、森の隅々までこだましている。

にんじんは、片方の翼が折れたやましぎを拾いあげ、意気揚々と振ってみせ、火薬の匂いを吸いこんだ。

ピラムが駆けつける。あとから来るルピック氏は、いつもより急ぐわけでも、ゆっくり歩くわけでもない。

「きっとびっくりするぞ」にんじんはそう考え、ほめ言葉を期待する。

だが、枝を搔《か》きわけて現われたルピック氏は、興奮さめやらぬ息子に、落ち着きはらった声でこういった。

「二羽とも仕留めればよかったのに」

釣り針

にんじんは、川ハゼや、鮒《ふな》や、パーチなど、釣ってきた魚の鱗《うろこ》を取っている。鱗をナイフで引っかき、腹を裂き、対になった透明な浮き袋を踵《かかと》で踏みつぶす。はらわたは猫にやるため集めて取っておく。水面に白い泡が浮いたバケツを前に、無我夢中で、すばやく仕事をしながらも、服を水で濡《ぬ》らさないように注意している。

ルピック夫人が様子を見にやって来た。

「ちょうどいいわ。今日はまた、素敵なフライの材料を釣ってきたじゃないの。やろうと思えば、できるのね」

夫人はにんじんの首筋と肩を撫《な》でたが、手を引っこめたとき、痛いと悲鳴を上げた。指先に釣り針が刺さったのだ。

姉のエルネスチーヌが駆けつける。続いて兄のフェリックスが現われる。まもなくルピック氏まで顔を出した。

「ちょっと見せて」みんなが声を揃《そろ》える。

だが、夫人は指をスカートの膝のあいだに挟み、釣り針をさらに深く押しこんでしまった。エルネスチーヌとフェリックスが母親を押さえているあいだ、ルピック氏が夫人の腕を取り、上に持ちあげたので、指が見えた。釣り針が指を貫いている。

ルピック氏が抜こうとする。

「ああ！　だめよ！　やめて！」夫人は金切声を上げる。

たしかに、釣り針の先端には尖《とが》った「返し」があり、反対の端には膨らんだ「チモト」があって、どちらも引っかかってしまう。

ルピック氏は鼻眼鏡《めがね》をかけた。

「まいったな。釣り針をふたつに切らなくちゃ！」

だが、どうやって切るのか！　打つ手のない夫がほんのちょっと針を動かしただけで、ルピック夫人は飛びあがり、泣きわめく。心臓を引っこぬいて殺そうっていうの？　ともあれ、釣り針はよく鍛えた鋼でできている。

「それじゃあ」ルピック氏は決断する。「肉を切るしかないだろう」

鼻眼鏡をしっかりとかけ直し、ナイフを取りだす。指の上に刃を滑らせるが、切れ味が悪く、あまり無理はできないので、刃が肉に食いこまない。ルピック氏は力をこめ、汗がにじむ。出血が始まった。

「いたた！　痛い！　痛いってば！」ルピック夫人が叫び、みんなは震えあがる。

「もっと早くやってよ、パパ！」とエルネスチーヌ。

「頑張って」とフェリックスが母親に声をかける。

ルピック氏は冷静さを失う。ナイフで鋸《のこぎり》を引くように乱暴に肉をひき裂く。ルピック夫人は、「人殺し！　人殺し！」と弱々しく逆らったが、幸いにも気を失った。ルピック氏はこの機会を利用する。青ざめ、夢中になって、肉を切り、深く抉《えぐ》る。指全体が血みどろの傷口になったとき、釣り針が落ちた。

やれやれ！

その間、にんじんはなんの役にも立たない。母親が最初の叫び声を上げるや、すぐに逃げだしたのだ。表の石段に座りこみ、手で顔を覆って、この出来事の原因を思いおこそうとした。たぶん、釣り糸を遠くへ投げたとき、釣り針が背中に引っかかって残ったのだろう。

「魚が掛からなかったのも当然だな」にんじんはつぶやく。

母親が泣いているが、それを聞いても最初はちっとも悲しくならない。まもなく、今度はにんじんが、母親に劣らず激しく、あらんかぎりの力で、声を嗄《か》らすほど泣きじゃくるだろう。そうすれば母親は仇《かたき》を取ったつもりになって、すぐに手をゆるめてくれるかもしれない。

騒ぎを聞いて駆けつけた隣人たちがにんじんに声をかける。

「どうしたんだ、にんじん？」

にんじんは何も答えない。手で耳を塞《ふさ》ぐと、赤毛の頭も隠れてしまう。隣人たちは石段の下に並び、新たな展開を待つ。

ようやくルピック夫人が姿を現わす。子供を産んだ直後のように血の気がないが、重大な危険に直面したことを誇るように、しっかりと包帯を巻きつけた指を突きだして見せた。まだ痛むが、それに耐えている。人々に微笑《ほほえ》み、短い言葉でみんなを安心させ、にんじんにやさしい声をかけた。

「お前のおかげで痛かったわ。でもいいの！　怒ってなんかいないわよ。お前が悪いんじゃないもの」

いまだかつて、母親がこんなにやさしい言葉で語りかけたことはなかった。にんじんはびっくりして、顔を上げる。目に入った母親の指には、布きれと紐《ひも》がぐるぐる巻かれ、見事に、大きく、四角く仕上がっている。貧乏な子供のために作った人形みたいだ。乾ききっていたにんじんの目に涙があふれる。

ルピック夫人が体を屈《かが》めて近づく。にんじんは思わず肘で身をかばういつもの動作をする。だが、夫人は寛大にも、みんなの前でにんじんにキスをする。

にんじんはわけが分からない。目からいっぱい涙をこぼす。

「もう済んだことよ、許してあげるっていってるでしょ！　それとも、私がそんなに意地悪だと思っているの？」

にんじんのしゃくりあげる声はいっそう激しくなる。

「ほら、ばかな子でしょう。まるで私がこの子の首でも切ろうとしているみたい」ルピック夫人がそういうと、隣人たちは彼女のやさしさに感動した。

ルピック夫人が針を渡すと、みんなはもの珍しそうに眺めた。そのうちのひとりは、これは八番の針だと断言した。徐々にルピック夫人の舌がいつもどおりなめらかに滑りはじめ、居並ぶ聞き手に惨劇の模様を流暢《りゅうちょう》に語った。

「そうなの！　あのときはにんじんを殺したいと思ったわよ。こんなに可愛がっていなけりゃね。でも、油断できないのよ、こんなちっちゃな釣り針だけど！　天国まで釣りあげられるかと思ったわ」

エルネスチーヌは、こんな危ないものは遠くの庭の端に持っていって、穴に埋めて、土をかぶせて踏み固めたほうがいいと提案する。

「だめ！　だめだよ！」フェリックスが反対する。「僕が取っておく。これで釣りをするんだ。すごいよ！　ママの血に漬かった釣り針だもの。きっと効き目があるよ！　魚がじゃんじゃん釣れるぞ！　そうさ！　太腿《ふともも》みたいにぶっとい魚が釣れるんだ！」

そういって、フェリックスはにんじんの体を揺さぶる。にんじんは罰を受けなかったことにいまでも呆気《あっけ》にとられているが、後悔の気持ちをいっそう大げさに表してみせる。喉からしわがれた泣き声を絞りだし、そばかすだらけの、憎々しげな、醜い顔を涙でざぶざぶ洗っている。

銀貨

I

ルピック夫人「何かなくしたものはない、にんじん？」
にんじん「何もなくさないよ、ママ」
ルピック夫人「どうして調べもしないで、すぐに、なくさないって答えられるの？　まずポケットをひっくり返してごらんなさい」
にんじん（ポケットの裏地を引っぱりだし、ろばの耳のように垂れさがったのを見て）「ああ！　そうだった、ママ！　返してよ！」
ルピック夫人「返してって、何を？　それじゃ、やっぱり何かなくしたのね？　適当に聞いたんだけど、当たりだったわ！　何をなくしたの？」
にんじん「分からない」
ルピック夫人「いい加減にしなさいよ。嘘《うそ》をつこうとしてるでしょう。針に引っかかった魚みたいにあたふたしてるじゃないの。ちゃんと答えなさい。何をなくしたの？　独楽《こま》？」
にんじん「そうだ。すっかり独楽のことを忘れてた。そうなんだよ、ママ」
ルピック夫人「『そうじゃないよ、ママ』でしょ。独楽のはずがない。だって、あれは私が先週、取りあげたんだもの」
にんじん「じゃあ、ナイフだ」
ルピック夫人「どのナイフ？　ナイフなんか誰にもらったの？」
にんじん「そういえば、誰にももらわなかったな」
ルピック夫人「情けない子ね。これじゃあ、埒《らち》があかないわ。私がお前をいじめて困らせてるみたいじゃないの。ともかく、ここは私とお前のふたりきりなのよ。やさしく聞いてるでしょ。ママを好きな子はなんでもママにうち明けるのよ。たぶん銀貨をなくしたのね。よく知らないけど、きっとそうよ。知らないとはいわせないわ。鼻がぴくぴく動いてるじゃないの」
にんじん「でもママ、あの銀貨は僕のだよ。日曜日に名づけ親のおじさんがくれたんだ。なくしたって、困るのは僕だ。そりゃくやしいけど、あきらめるよ。それに、たいして欲しくなかったんだ。銀貨ひとつくらい、あったってなくたって、どうってことないよ！」
ルピック夫人「まったく口だけは達者なんだから！　お前のへらず口を聞いてる私は、とんだお人好しだわ。それじゃあ、名づけ親の気持ちなんか、どうでもいいっていうの？　いまはお前を甘やかしているけど、しまいにはあの人だって怒るわよ」
にんじん「ねえママ、僕が自分の好きなものに銀貨を使ったと思ってみてよ。一生、銀貨の番をしてなきゃいけないの？」
ルピック夫人「黙りなさい、文句ばかりいって！　あの銀貨はなくしてもいけないし、勝手に使ってもいけないの。もうないんだったら、代わりを探してきて。作れるもんなら作ってみなさい。ともかくなんとかするのよ。理屈をこねてないで、早く行きなさい」
にんじん「そうだね、ママ」
ルピック夫人「『そうだね、ママ』なんて、格好をつけるのはやめて。それからいっときますけど、鼻歌を歌ったり、口笛を吹いたり、馬車引きみたいな呑気《のんき》な真似をしてたら、承知しないわよ。私はだまされないからね」

II

にんじんは庭の小道をちょこちょこ歩きまわる。うめくような声を上げ、すこし探しては、何度も鼻を鳴らす。母親に見張られているような気がすると、立ちどまり、しゃがみこんで、指先でスカンポをつついたり、さらさらした砂をほじってみる。ルピック夫人が立ちさったと思えば、探すのをやめてしまう。顎を前に突きだして、形だけ歩くふりをつづける。

いったいぜんたいあの銀貨はどこへ行ったのだろう？　あの高い枝にある、古い鳥の巣のなかか？

何も探す気のないぼんやりした人々が金貨を見つけたりする。実際にあったことだ。だが、にんじんが地べたを這《は》いまわり、膝と指がすり切れるほど探しても、ピン一本見つけられないだろう。

にんじんは、当てのない望みにすがって、うろつきまわることに疲れてしまった。銀貨探しを放りだし、母親の様子を窺《うかが》うため、家に帰ることに決めた。もしかしたら気持ちが落ち着いて、銀貨が見つからないといえば、諦めてくれるかもしれない。ルピック夫人の姿はなかった。おそるおそる呼んでみる。

「ママ、ねえ！　ママ！」

返事はない。外出したところらしく、裁縫台の引出しが開けっぱなしだ。毛糸、縫い針、白や赤や黒の糸巻のあいだに、銀貨がいくつかあるのににんじんは気づいた。銀貨はそこで古びていくように見える。ほとんど目覚めることなく、そこで眠り、引出しの隅から隅へ押しやられ、たがいにいり交じって、数も定かでない。三枚か四枚か、八枚かもしれない。数えるのは容易でない。引出しをひっくり返し、毛糸玉を引っかきまわす必要がある。それに、証拠は残らない。

こうしてにんじんは頭をめぐらせた。だが、重大なときに限って、それが仇《あだ》となる。意を決して、手を伸ばし、銀貨をひとつ盗んで、逃げだした。

見つかったら大変だという恐怖で、ためらいもなく、後悔もせず、危険を冒して裁縫台へひき返すことなど考えなかった。

一目散に突っぱしり、勢いがつきすぎて止まることもできない。小道を駆けぬけ、場所を決めて、そこで銀貨を「なくした」。踵《かかと》で踏んで地面にめりこませ、雑草で鼻をくすぐられながら、思いつくままそこらを這《は》いまわり、不格好な円を描く。目隠しされた子供が、隠された品物を見つけようと、あたりを探しまわる無邪気な遊びのように。この遊びのリーダーは、自分のふくらはぎを叩《たた》いて音で合図しながら、心配そうにこう叫ぶ。

「ほらほら！　すぐ近く、すぐ近く！」

Ⅲ

にんじん「ママ、見つけたよ」
ルピック夫人「私もよ」
にんじん「まさか？　だって、ここにある」
ルピック夫人「ここにもあるわ」
にんじん「ほんとだ！　ちょっと見せてよ」
ルピック夫人「お前のも、ちょっと見せて」
にんじん（自分の銀貨を見せる。ルピック夫人も銀貨を見せる。にんじんは両方を手に取って、比較し、いうべき言葉を考える)「へんだなあ。ママはどこで見つけたの? 僕は、庭の小道のナシの木の下で見つけたんだ。そこを二〇回も歩いて、ようやく目に入ったんだよ。光ってた。最初は紙切れか、白いスミレの花かと思ったので、拾ってみなかったんだ。草のなかを転げまわってふざけていたとき、ポケットから落ちたみたい。ほら、ママ、しゃがんで、このろくでもない銀貨があった場所を見てごらん。こんなところを隠れ家にしてたんだよ。僕をさんざん困らせて、面白がっていただろうね」

ルピック夫人「そうかもね。でも、私はこの銀貨をお前のコートから見つけたのよ。いつも注意してるのに、服を替えるとき、ポケットのなかのものを出すのを忘れたのね。なんでもきちんと片づけることを教えようと思って、身にしみて分かるように、お前に銀貨を探しに行かせたのよ。でも、探せば見つかるっていうのは本当ね。これで、銀貨が一枚じゃなく、二枚になったわね。とんだ大金持ちだわ。終わりよければ、すべてよし。でも、いっとくけど、お金で幸せになれるとは限らないのよ」

にんじん「じゃあ、もう遊びに行ってもいい、ママ?」

ルピック夫人「そうね。遊んでらっしゃい。だけど、もう赤ちゃんみたいな遊びはしないでよ。銀貨は二枚とも持っていきなさい」
にんじん「とんでもない！　ママ、一枚でいいよ。でも、それだって必要になるまでとっておいて。ねえ、そうしてよ」
ルピック夫人「だめよ。お金のことはきちんとしないと。二枚とも持ってなさい。名づけ親からもらった銀貨と、ナシの木の下に落ちていた銀貨。落とし主が現われないかぎり、両方ともお前のものよ。誰が落としたのかしらね？　ぜんぜん思いつかないわ。お前はどう思う？」
にんじん「分からないな。でも、どうでもいいよ、明日考えるから。じゃあね、ママ、どうもありがとう」
ルピック夫人「待って！　植木屋さんじゃないかしら？」
にんじん「いまから聞きに行ってこようか？」
ルピック夫人「いいえ、ここで一緒に考えましょう。パパはあの齢《とし》でうっかり落とすなんてことはないだろうし、姉さんはお金を大事に貯金箱に入れてるわ。兄さんはもらったらすぐに使ってしまうから、落としてるひまなんかないわね。結局、私かもしれない」

にんじん「ママのはずはないよ。なんでもあんなにちゃんと整理しているもの」
ルピック夫人「大人だって子供みたいな間違いをするものよ。いいわ、調べてみる。ともかく、これは私だけの問題だわ。もうこの話はおしまい。心配しないで、遊びに行きなさい。あんまり遠くはだめよ。私は裁縫台の引出しをちょっと見てくるわ」

もう飛びだしていたにんじんは、くるりと振りかえり、離れていく母親のあとをしばらく付いていく。そして、いきなり追いこして、その前に立ちはだかり、黙って、母親に頬を差しだす。

ルピック夫人（右手を上げて、振りおろす寸前に）「お前が嘘つきだとは知っていたけど、これほどまでとは思わなかったわ。嘘に嘘を重ねるのね。ずっとそうしていなさい。卵を盗んだら、次は牛泥棒。最後は、母親だって殺すのよ」

最初の平手打ちが飛んでくる。

自分の考え

ルピック氏と、兄のフェリックスと、姉のエルネスチーヌと、にんじんが暖炉を囲んで夜更かししている。暖炉のなかでは根っこのついた切り株が燃え、その前で四人の椅子がぎしぎしと揺れている。みんなで議論をしていて、ルピック夫人が席を外したあいだに、にんじんが自分の考えを披露する。

「僕にとって、家族なんて言葉はなんの意味もないな。もちろん、パパのことは大好きだよ！　でも、大好きなのは、僕のパパだからじゃない。大好きだから、僕の大事な人なんだ。じっさい、パパは僕のパパになっても、なんのいいこともない。でも、僕はパパの好意を大きな恩恵だと思ってる。パパは僕にそんな恩恵をあたえる理由はないけど、気前よくあたえてくれるからね」

「ほう、そうかい！」ルピック氏は答える。

「じゃあ、僕は？」「わたしは？」フェリックスとエルネスチーヌが尋ねる。

「同じことだよ」とにんじん。「兄さんと姉さんが僕のきょうだいになったのは、ただの偶然だ。そんな偶然に感謝することはないよね？　でも、三人がルピック家の家族になったことも、誰のせいでもない。どうしようもないことだ。望んで家族になったわけじゃないから、そんなことをありがたがる必要はない。ただ、兄さんは僕を守ってくれるし、姉さんは細かい気づかいをしてくれるから、感謝しているよ」

「どういたしまして」フェリックスが応じる。

「そんなへんな考え、どこから思いついたの？」エルネスチーヌが尋ねる。

「いや、僕がいまいったことは」にんじんはつけ加える。「一般的にそういえるって話で、個人的な気持ちとは関係ない。だから、ママがここにいても、ママにも同じことをいえる」

「いや、絶対にいえないいな」とフェリックス。

「僕の話におかしいところがある？」にんじんが尋ねる。「僕の考えを悪くとらないでよ！　僕は愛情がないどころか、見かけよりずっと家族を愛してるんだ。でも、僕の愛情は、平凡で本能的な、どこにでもあるようなものじゃない。自分の意志と理性が望んだ、論理的なものなんだ。論理的、そう、それが僕のいいたかった言葉だ」

「意味も分からず言葉を並べたてる癖はやめたほうがいい」立ちあがって寝に行こう

としていたルピック氏がいった。「子供のくせに他人に説教しようとするなんて。もしパパがそんなくだらない話をしたら、死んだお祖父さんはちょっと聞いただけで、パパを蹴とばすか、びんたを食らわせただろう。息子の分際で生意気だといって」

「暇つぶしにおしゃべりしただけだよ」にんじんは早くも不安になってつぶやく。

「だったら、黙っていたほうがいい」蠟燭《ろうそく》を手に取ってルピック氏はいった。

そして、部屋を出る。フェリックスがあとに続きながら、にんじんに声をかける。

「じゃあな、おなじあなのむじな!」

それから、エルネスチーヌが立ちあがって、真面目《まじめ》な口調でいう。

「それでは、おやすみなさい!」

にんじんはひとり残され、途方に暮れる。

昨日、ルピック氏はにんじんに、ものごとをしっかり考えろと忠告した。

「『僕ら』って何なんだ?『僕ら』なんてものは存在しない。みんなというのは、誰でもないんだ。お前は他人から聞いたことをただくり返しているだけだ。すこしは自分自身で考えるようにしなさい。自分の考えをはっきりさせるんだよ。とりあえず、たったひとつでもかまわないから」

だが、思いきって出した最初の自分の考えは不評だった。にんじんは暖炉の切り株に灰をかけ、椅子を壁ぎわに並べ、掛け時計にお辞儀をしてから、寝室に引っこんだ。この寝室には地下の物置に降りる階段があるので、物置部屋とも呼ばれている。涼しい部屋で、夏は居心地がいい。猟の獲物は楽に一週間は保存できる。いちばん最近仕留めた野うさぎが大皿に載せられて、鼻から血を流している。にわとりにやる穀物をいっぱい入れた籠がいくつか並んでいる。にんじんは腕をまくりあげ、その籠に手を肘まで突っこんで、穀物を掻《か》きまわす遊びを続ける。

いつもならコート掛けに吊《つ》るされた家族全員の服を見て不安になる。その服が、上の棚にきちんとハーフブーツを揃《そろ》えて置き、そうして、ついさっき首を吊った自殺者のように見えるからだ。

だが今夜は、にんじんは怖くない。ベッドの下も覗《のぞ》きこまないし、月光も、物影も、庭の井戸も気にしない。いつもなら井戸は、窓から飛びこむのに好都合なように、わざとそこに掘られたみたいに思われるのに。

怖いと思えば、怖くなる。だが、にんじんはもう怖いということを考えない。シャツ一枚だが、赤いタイルの床の冷たさを感じないように踵《かかと》だけで立って歩くことも忘れている。

そしてベッドに入ると、湿った壁の漆喰《しっくい》のぷつぷつ膨らんだところを眺めながら、自分の考えをいつまでも追いかける。自分の考えというのだから、自分のなかにしまっておかなければならないのだ。

木の葉の嵐

ずいぶん前から、にんじんは、高いポプラの木の天辺にある木の葉をぼんやり眺めている。

物思いにふけりながら、木の葉が揺れるのを待っている。

天辺の木の葉は、枝につなぎとめる葉柄もなしで、木から離れ、ひとり独立して、自由に生きているようだ。

毎日、木の葉は、最初の曙光と最後の夕陽で、金色に輝きわたる。

正午を過ぎると、死んだようにじっと動かず、葉っぱというより、何かの染みのように見える。そうして、にんじんが苛立《いらだ》ち、落ち着かなくなったころ、ようやく天辺の木の葉は合図を送る。

すると、すぐ下の木の葉も同じ合図を送る。その下の木の葉も次々に合図をくり返し、隣の木の葉に伝え、合図はすばやく送られていく。

それは警報を示す合図だ。というのも、地平線に、褐色の雲でできた丸い帽子の縁が現われたからだ。

すでにポプラの木はぶるぶる震えている！　体を動かして、気がかりな重苦しい空気の層をよけようとする。

ポプラの不安は、ブナや、カシや、マロニエの木にも伝わる。庭のすべての木々が身ぶりでたがいに警告を発しあう。空に雲の帽子が丸く広がり、そのくっきりと暗い縁がぐんぐん前に伸びているという警告だ。

まず、木々は細い枝を揺らし、鳥たちを黙らせる。そこには、ときおり気まぐれに、生のエンドウ豆をぽっと吐きだすような声で鳴くツグミがいた。また、さきほどにんじんが見たキジバトは、色鮮やかな喉から断続的にくうくうという声を出していた。それから、燕尾服《えんびふく》のような尾をつけた気どったカササギもいた。

さらに、木々は太い触手を振りうごかして、敵を威嚇する。

だが、鉛色の雲の帽子は動じることなく侵略を続ける。しだいに帽子は空を丸く覆いかくす。青空を押しやり、空気の通る隙間を塞ぎ、にんじんの息をつまらせようとする。ときどき、雲は自分自身の重さに耐えかねて、村の上に落ちそうになる。だが、鐘楼の尖端《せんたん》に触れそうになると、破裂しては大変とばかりに、ぴたりと止まる。

雲がすぐそばまで迫ると、べつに脅しをかけられなくても、恐慌が始まり、騒ぎが起こる。

木々は木の葉をかきまわし、木の葉の塊は乱れて荒れ狂う。その奥に、丸い目と白いくちばしをぎっしりと寄せあう鳥の巣があるのだろう、とにんじんは想像する。木々の頂きは、突然目覚めた人間の頭のように、伏せていたかと思うと、ぐいと持ちあがる。木の葉は一緒に飛びさるが、すぐにこわごわ戻ってきて、なんとか木にすがりつこうとする。アカシアの細い葉はため息をつき、皮を剝がれたカバノキは嘆きの声を上げる。マロニエの葉は口笛を吹くような音を出し、ウマノスズクサは蔓《つる》を伸ばして壁を這《は》いながら、ぴちゃぴちゃと波のような音を立てる。

低いところでは、ずんぐりしたリンゴの木が果実を揺らし、地面に落として鈍い音を立てる。

もっと低いところでは、スグリが血のように赤い滴りを、カシスがインクのように黒い滴りを落としている。

さらに低いところでは、酔っぱらったキャベツがろばの耳のような葉っぱを揺らし、育ちすぎた玉ネギが、ぶつかりあって種で膨れたネギ坊主をつぶしあっている。なぜだ？　どういうことだ？　どうしてこうなった？　雷は鳴っていない。雹《ひょう》も降ってはいない。稲妻も光らなければ、雨粒一滴落ちてこない。だが、高い空の黒い嵐、光の真ん中に音もなく現われた闇が、植物を狂わせ、にんじんを怯《おび》えさせるのだ。

いまや、雲の帽子は太陽を隠し、その下に大きく広がっている。

この帽子は動いていく。にんじんはそのことを知っている。流れる雲でできているので、滑るように消えていくだろう。ふたたび太陽が見えてくるはずだ。だが、雲の帽子は空全体の高い天井になっている。それなのに、にんじんの頭を、額を締めつけるのだ。にんじんが目を閉じても、雲がその上から目隠しをして、ぎりぎりと瞼《まぶた》を締めあげる。

にんじんは耳に指で栓をする。だが、嵐は叫びを上げ、渦を巻き、外から彼のなかに入りこんでくる。

嵐は、にんじんの心臓を道端の紙切れのように巻きあげる。

そして、揉《も》んで、しわくちゃにして、丸め、握りつぶすのだ。

やがて、にんじんの心臓は、小さな紙の玉ぐらいに縮んでしまう。

反抗

I

ルピック夫人「にんじん、いい子だから、風車小屋へ行って、バターを五〇〇グラム買ってきてちょうだい。急いで行くのよ。お前が帰ってきたら食事にするから」
にんじん「いやだよ、ママ」
ルピック夫人「『いやだよ、ママ』ってどういう意味？　早くして。待ってるから」
にんじん「いやだ、ママ。風車小屋へは行かない」
ルピック夫人「なんですって！　風車小屋へは行かない？　本気？　私の頼みなのに……寝ぼけてるの？」
にんじん「寝ぼけてないよ、ママ」
ルピック夫人「だったら、にんじん、何をいってるの。すぐに風車小屋に行って、バターを五〇〇グラム買ってきてって命令してるのよ」

にんじん「聞こえてるよ。でも、行かない」
ルピック夫人「じゃあ、私が寝ぼけてるのかしら？　どうしちゃったの？　生まれて初めてのことよ、お前が私のいうことを聞かないなんて」
にんじん「そうだね、ママ」
ルピック夫人「母親の命令に逆らうのね」
にんじん「母親の命令か。そうだよ、ママ」
ルピック夫人「あら、そうですか。これからどうなるか見ものだわ。それとも、行く？」
にんじん「いやだよ、ママ」
ルピック夫人「お黙りなさい。行くんでしょ？」
にんじん「黙るけど、行かないよ」
ルピック夫人「このお皿を持って早く行きなさい」

II

にんじんは黙ったまま、動かない。

「革命ってわけね！」と、玄関の石段に立ったルピック夫人は腕を振りあげて大声を出す。

じっさい、にんじんがいやだといったのは初めてだった。母親が何か邪魔をしたわけではない！　にんじんが遊んでいる最中だったわけでもない！　それどころか、にんじんは地べたに座り、鼻先を突きだして、暇そうにしていたのだ。目を閉じていたのは、目を休ませておくためかもしれない。ところがいまや、顔を昂然と上げ、母親をじっと見つめている。ルピック夫人は何がなんだか分からない。助けを求めるように、家族を呼んだ。

「エルネスチーヌ、フェリックス、大変なことが起こったわ！　パパとアガートも連れてきて。誰でもいいから来てちょうだい」

そんなわけで、たまたま道を通りかかった人々も立ちどまることになった。

にんじんはすこし離れた中庭の真ん中にいて、危機に直面しても自分が動じないことを意外に思い、それ以上に、母親が殴るのを忘れていることに驚いた。あまりの大事《だいじ》の出来《しゅったい》に、ルピック夫人は打つ手がなかったのだ。灼熱《しゃくねつ》した剣先のように鋭く燃えるまなざしを前にして、いつもの脅しの身ぶりが出てこない。しかし、自制しようとしても、内側からこみ上げる怒りの圧力で口が開き、鋭く笛を鳴らすような声が漏れた。

「みんな、聞いて。私はやさしくにんじんにちょっとお使いをしてちょうだいといったのよ。散歩のつもりで風車小屋まで行ってほしいって。そうしたら、なんて答えたと思う? にんじんに聞いてみて。私が作り話をしたと思われたくないから」

みんなは想像がついた。にんじんの態度を見れば、わざわざ答えをくり返させるまでもない。

やさしいエルネスチーヌはにんじんに近づき、耳もとにささやいた。

「やめて、ひどいことになるわ。ママのいうとおりにしなさい。あなたを大好きな姉さんの頼みを聞いて」

兄のフェリックスは芝居でも見ているような気分だった。この特等席は誰にも譲れない。だが、今後、にんじんが仕事をしなければ、その一部が自分に回ってくることまでは気づいていない。むしろ、弟を応援したい気持ちだ。昨日までは軽蔑し、意気地なしだと見下していた。だが、いまは対等の人間と見なし、大したやつだと思っている。フェリックスは小躍りしたい気分で、大いに面白がっていた。

「これじゃあ世も末、世の中がひっくり返ったみたい」ルピック夫人は呆然《ぼうぜん》としている。「もう相手にできないわ。私はひっこみます。ほかの人が代わりにあの手に負えないけだものを抑えこんでちょうだい。父親が息子とふたりきりで話しあえばいいわ。ほんとになんとかしてよ」

「パパ」にんじんは口を開くが、激しい動揺のせいで、落ち着きが戻らず、引きつるような声しか出ない。「パパが風車小屋に行ってバターを五〇〇グラム買ってこいっていうなら、僕は行くよ。でも、パパのためだけだ。ママのためなら行かない」

こんなえこひいきを見せられて、ルピック氏はうれしいどころか、困惑しきった様子だった。見物人はそうしろとルピック氏を促すが、父親の権威にものをいわせて命令することは性に合わない。たかがバター五〇〇グラムのことじゃないか。

気まずくなって、草のなかを二、三歩あるき、肩をすくめ、くるりと背を向けて、家に入ってしまった。

とりあえず、事件の決着はおあずけになった。

最後の言葉

その夜、ルピック夫人は病気でベッドに入ったきり、夕食に出てこなかった。夕食では全員黙りこくっていた。いつもそういう習慣だというだけでなく、みんなきまりが悪かったのだ。ルピック氏はナプキンを畳んでテーブルに放りだし、こういった。

「私と一緒に旧道を通って、丘の上まで散歩に行く者はいないか？」

にんじんは、ルピック氏がこうして自分を誘っているのだと分かった。そこで席を立ち、いつものように自分の椅子を壁ぎわに運び、おとなしく父親のあとに従った。

はじめふたりは黙って歩いていた。きっとルピック氏から質問が出るはずだが、すぐには出なかった。にんじんは心のなかでどんな質問が出るか推測し、答えを用意しようとした。用意は整った。ひどく動揺していたが、何も後悔はしていない。昼間、あれほど激しい感情の昂ぶりを経験したので、それ以上どんな激情に襲われることも恐れなかった。ルピック氏が覚悟して言葉を発すると、その決然とした声の調子はむしろにんじんをほっとさせた。

ルピック氏「さっきのお前の態度はママを悲しませた。そのことについて、そろそろ説明したらどうだ？」
にんじん「ねえパパ、長いことといいだせなかったんだけど、はっきりさせなくちゃいけないね。本当のことをいうよ。もうママのことが好きじゃないんだ」
ルピック氏「ほう！　でも、どうして？　いつからのことだ？」
にんじん「何もかもいやなんだ。初めからずっと」
ルピック氏「まさか！　そいつは困ったな！　ともかく、ママがお前に何をしたか、私に話してごらん」
にんじん「長くなるよ。でも、なんにも気がつかなかったの？」
ルピック氏「いや。お前がよくふくれっ面をしていたのは気づいていた」
にんじん「ふくれっ面なんていわれると、腹が立つな。みんなこう思ってるんだ。にんじんは本気で人を恨んだりしない。ふくれっ面をしてみせるだけだ。放っておけばいい。どうせしまいには、機嫌を直して、にやにやしながら、部屋の隅っこから出てくる。とくにあいつのことを気にしている様子を見せてはだめだ。どうってことないんだから、ってね。でも悪いけど、パパ、どうってことないのは、パパとママとほかの人間にとってだよ。もちろん、僕だってうわべだけふくれっ面をすることはあるよ。でも、心の底から本気で怒ることもあるんだ。嘘《うそ》じゃない。受けた侮辱はけっして忘れないよ」

ルピック氏「いやいや、からかわれたことなんか忘れてしまえばいいんだ」

にんじん「だめだめ。パパはよく知らないんだ。家にいることが少ないから」

ルピック氏「仕事で旅をしなくちゃならないからな」

にんじん（わけ知り顔で）「まあ、仕事は仕事だからね、パパ。仕事の苦労で頭がいっぱいだろうけど、ママは、この際いわせてもらうけど、僕をいじめる以外に気晴らしがないんだ。パパを責めてるわけじゃないよ。僕がパパに告げ口すれば、パパは僕を守ってくれただろうね。パパがそうしろっていうから、僕も少しずつむかしのことを教えてあげるよ。僕が大げさなことをいってるのか、それとも、僕の記憶が正しいのか、パパも分かると思うよ。それはともかく、パパ、いますぐ相談したいことがあるんだ。ママから離れて暮らしたいんだよ。いちばん簡単な方法は、どうしたらいいと思う？」

ルピック氏「ママに会うのは休みのときだけ、年にたった二か月じゃないか」
にんじん「休みのあいだも寄宿学校に残ってはだめかな。勉強を頑張るよ」
ルピック氏「それは貧乏な子供たちだけに許される特権だ。世間の人は、私がお前を見棄てたと思ってしまうよ。それに、自分のことばかり考えてはいけないぞ。私だって、お前に会えなければ淋《さび》しいんだ」
にんじん「パパが会いに来ればいいじゃないか」
ルピック氏「にんじん、仕事以外の旅行は金がかかるんだよ」
にんじん「仕事の旅行を利用すればいい。ちょっと回り道をして」
ルピック氏「だめだ。私はこれまで、お前を兄さんや姉さんと変わりなく扱ってきた。誰もえこひいきはしない。これからもその方針は変えないよ」
にんじん「じゃあ、もう勉強をやめる。寄宿学校から出してよ。お金がかかりすぎるからといって。そしたら、僕が自分で仕事を探すよ」
ルピック氏「どんな仕事だ？　靴屋の見習いでもするつもりか？」
にんじん「靴屋でも、どこでもいい。自分のお金で暮らせば、自由になれる」
ルピック氏「いまさら無理だ、にんじん。大きな犠牲を払ってお前に教育を受けさせたのは、靴底に釘を打たせるためじゃないぞ」

にんじん「でも、僕は自殺しかけたこともあったんだ」

ルピック氏「大げさなことをいうな！」

にんじん「嘘じゃないよ。つい昨日だって、首を吊《つ》ろうと思った」

ルピック氏「だが、こうして生きているじゃないか。だから、本当に自殺したいとは思わなかったんだ。それなのに、実行しなかった自殺の話をして、偉そうにふんぞり返っている。死にたいと考えたのは自分だけだと思ってるんだろう。にんじん、そういう自分勝手が身を滅ぼすもとだ。自分に都合のいいことばかりを考えて、この世界に自分しかいないと思ってるんだ」

にんじん「パパ、兄さんは幸せだし、姉さんも幸せだ。それに、パパのいうように、ママが僕をからかって楽しんでいるんじゃないとしたら、僕はもう何がなんだか分からないよ。それからパパだって、家族にたいして威張っているし、みんなパパを怖がっている。ママでさえ怖がってるよ。パパがいやな気分になるようなことは、ママはいっさいできない。だから、人類のなかには、いつでもいい気分の人もいるってことさ」

ルピック氏「人類のなかにはお前みたいな頑固者もいて、いつも屁理屈《へりくつ》をこねているってことだ。お前は他人の心がすっかり見通せるとでも思っているのか？　その齢《とし》でもうすべての物事が分かるというのか？」
にんじん「自分のことなら分かってるよ、パパ。それに分かろうと努力しているよ」
ルピック氏「だったら、にんじん、いいか、自分が幸せかどうかなんて考えるのはやめるんだ。忠告しておくが、いまより幸せになれるなんてことは絶対にない。絶対に絶対だ」
にんじん「そりゃ大変だな」
ルピック氏「諦めるんだ。どんなことにも動揺するな。大人になって、自分で自分のことができれば、なんでもお前の自由になる。私たち家族から離れることもできるんだ。新しい性格や気性に生まれかわるのは無理かもしれないが、新しい家族を作ることはできる。そのときまで、たったいまから気をとり直して、うじうじ考えることはやめろ。ほかの連中を観察してごらん、お前のすぐそばで暮らす人たちも。面白いぞ。思いがけない気晴らしになることは請けあうよ」
にんじん「たしかに、ほかの人たちにはそれなりの苦労があるだろうね。でも、そんな人たちに同情するのは明日にしておくよ。今日は僕自身のための正義がどうしてもほしいんだ。どんな運命だって僕のよりはましだ。僕には母親がいる。でも、この母親は僕を愛していないし、僕も母親を愛していない」

「じゃあ、私があの女を愛しているとでも思うのか?」苛立《いらだ》ったルピック氏は投げやりにいい返した。

この言葉で、にんじんは父親のほうへ目を上げた。その険しい顔をまじまじと見つめる。父親の口はしゃべりすぎたことを恥じるように、濃い髭《ひげ》のなかに引っこんでいる。額には皺《しわ》が刻みこまれ、目じりには小皺が寄り、垂れさがった瞼《まぶた》のせいで、歩きながら眠っているように見える。

しばらくのあいだ、にんじんは口をきかない。この秘かな喜びと、力いっぱい摑《つか》んで放したくないこの父親の手、それらすべてが飛びさってしまうのを恐れたからだ。

それから、にんじんは拳を握りしめ、闇の彼方で眠る村を脅かすように、大げさな身ぶりで叫び声を上げた。

「意地悪女! この世で一番の意地悪女! お前なんか大嫌いだ」

「やめろ」ルピック氏はいった。「かりにも、お前の母親だぞ」

「そうだった！」にんじんは、素直で用心深い子供に返って答えた。「でも、僕がそういったのは、自分の母親だからってわけじゃないんだ」

にんじんのアルバム

I

　知らない人がルピック家の写真アルバムをめくったら、きっと驚くだろう。姉のエルネスチーヌと兄のフェリックスは色々な姿で写っている。立ったり、座ったり、正装していたり、裸同然だったり、楽しげだったり、機嫌が悪そうだったりして、立派な背景に収まっている。

「で、にんじんは？」

「赤ちゃんのときは写真も写したんですけれど」ルピック夫人は答える。「あんまり可愛いもので、みんなに持っていかれてしまって、一枚も残ってないんですよ」

　しかし、本当のところ、にんじんを「撮った」ことなど一度もない。

II

家族はいつもにんじんと呼んでいるので、本当の洗礼名をいおうとしても、なかなか出てこない。

「なぜ、にんじんと呼ぶんです？　髪の毛が黄色いからですか？」

「でも、心はもっと黄色です[14]」ルピック夫人はそう答えた。

III

その他の特徴。

にんじんの顔はたいていの人から好感をもたれない。

にんじんの鼻の穴はもぐら塚のように広がっている。

14　「黄色」には「薄汚れた」という意味がある。

にんじんの耳には、いくら取っても、パン皮のような耳くそがこびり着いている。

にんじんは舌に雪を乗せ、溶かしてちゅうちゅう吸う。

にんじんは歩くとき、踵《かかと》と踵をぶつけてしまう。その不格好な歩き方は、せむしかと思うほどだ。

にんじんの首は垢《あか》で青っぽく汚れている。まるで首輪のようだ。

そして、にんじんの体は変わった匂いがする。だが、けっして麝香《じゃこう》ではない。

Ⅳ

にんじんは家族でいちばん早起きで、家政婦と同じときに起きる。冬の朝も夜明け前にベッドから飛びおき、手で時間を見る。つまり、指先で時計の針を触って時間を知るのだ。

コーヒーとココアが食卓に出ると、立ったまま、なんでもいいから食べ物をひとかけら口に放りこむ。

Ⅴ

人に紹介されると、顔をそむけ、うしろ向きに手を差しだす。すぐに退屈して、膝を折りまげ、壁をひっ搔《か》く。

そして、人から、

「キスしてよ、にんじん」

といわれると、こう答える。

「いや！　その必要はないよ！」

Ⅵ

ルピック夫人「にんじん、人が話しかけたら、答えなさいよ」

にんじん「ぶん、ばば」

ルピック夫人「前にもいったと思うけど、口にものを詰めこんだまましゃべってはいけません」

Ⅶ

にんじんはついポケットに手を入れてしまう。ルピック夫人が近づくと、すぐに手を出すのだが、間に合わない。ついにあるとき、ルピック夫人はポケットを縫いつけてしまった。にんじんに手を入れさせたまま。

Ⅷ

「たとえどんな目にあっても」名づけ親がやさしく諭す。「嘘《うそ》だけはついちゃいけないぞ。卑しい行いだからな。それに結局、役に立たない。どんな場合でも、ばれてしまうからだ」

「そうだね」にんじんは答える。「でも、時間稼ぎにはなるな」

Ⅸ

兄のフェリックスはなまけ者で、なんとか高等中学を卒業できたところだ。伸びをして、安堵《あんど》のため息をついている。

「お前は何が好きなんだ？」ルピック氏がフェリックスに尋ねる。「もう人生を決める齢《とし》だからな。何をするつもりだ？」

「なんだって！」とフェリックス。「まだ何かするの？」

Ⅹ

みんなで女の子の品定めをしている。

マドモワゼル・ベルトが話題に上る。

「青い目がすてきだね」とにんじん。

みんなが口ぐちに叫び声をあげる。

「すごいじゃないか！　大した詩人だなあ！」

「とんでもない！」にんじんは答える。「あの子の目を見たことなんかないよ。なんとなくいっただけさ。むかしからあるセリフだよ。言葉のあやなんだ」

XI

雪合戦のとき、にんじんはたったひとりで陣地を張る。恐るべき敵だ。噂《うわさ》は遠くまで鳴りひびいている。にんじんは雪の玉に石を入れるからだ。

そして頭を狙う。そのほうが勝負は早い。

池が凍って、仲間がその上を滑って遊ぶとき、にんじんは氷から離れて、草の上に小さな滑り場を作り、ひとりで滑る。

馬跳びをするときは、台になるほうがいいといって譲らない。

鬼ごっこをするときは、いつでも捕まってやる。自由などぜんぜん興味がないからだ。

隠れんぼをすると、あまりにうまく隠れるので、みんなから忘れられてしまう。

XII

子供たちが背比べをしている。

ひと目で、兄のフェリックスの勝ちだと分かる。ほかのふたりより頭ひとつ高い。

いっぽう、エルネスチーヌは女だが、にんじんと互角で、並んでみないと分からない。

エルネスチーヌは背伸びをする。だが、にんじんは誰の気も悪くしたくないので、ずるをして、ひそかに身を低くし、ちょっぴり身長差を作りだす。

XIII

にんじんは家政婦のアガートに助言をする。

「ママとうまくやるには、僕の悪口をいうといいよ」

だが、限界はある。

というのも、ルピック夫人は自分以外の女がにんじんに文句をいうのを許さないからだ。

近所の女がにんじんを叱りつけようとしたとき、ルピック夫人はただちに駆けつけ、ひどく怒って、息子を救いだそうとした。にんじんはもう感謝の気持ちで顔を輝かせていた。

「さて」ルピック夫人は息子にいう。「今度は、私がお前をやっつける番ね！」

XIV

「甘えるのか！ それってどうやるんだい？」とにんじんがピエール坊やに尋ねた。

ピエールはママに甘やかされている。

にんじんはだいたいのやり方を聞きだすと、大声でいった。

「僕がやりたいのは、ポテトフライを大皿から手づかみで取って、いっぺんに全部食べちゃうっていうやり方だな。さもなければ、半分に切った桃の、種が付いているほうをしゃぶることだ」

それからすこし考えて、つけ加えた。

「ママが僕を食べちゃいたいと思って撫《な》でまわすとしたら、きっと鼻をねじることから始めるだろうな」

XV

ときには、遊びに飽きた姉のエルネスチーヌと兄のフェリックスがおもちゃを気前よく貸してくれることがある。こうして、にんじんは姉と兄の幸福のほんの一部をもらって、ささやかな自分の幸福を作りだす。

しかし、面白くてたまらないという様子はけっして見せない。おもちゃを返せといわれるのが心配だからだ。

XVI

にんじん「じゃあ、僕の耳が長すぎるとは思わない？」

マチルド「変な形だけどね。ちょっとその耳を貸してくれない？　そこに砂を入れて、型をとって、ケーキを作ってみたいから」

にんじん「ケーキを焼くなら、ママに耳をぶってもらって、火が出るほど熱くしておけばよかったな」

XVII

「いい加減にして！　黙りなさい！　それじゃあ、お前は私よりパパの方が好きなのね？」ルピック夫人はことあるごとにそういう。

「僕はこのまま何もいわないし、どっちが好きかなんてことも絶対にいわない」にんじんは心のなかで母親に答える。

XVIII

ルピック夫人「にんじん、何してるの？」

にんじん「べつに」

ルピック夫人「きっと、またろくでもないことをしてるのね。いつでもわざとやってるんでしょ？」

にんじん「まさか、ありえないことだよ」

XIX

にんじんは、母親が自分にむかって微笑《ほほえ》んだと思い、うれしくなって微笑みかえした。

ところが、ルピック夫人はなんとなくひとりでにやにやしていたのだ。途端に、夫人の目と顔の色がどす黒く変わる。

にんじんはすっかり慌てて、どこに逃げこめばいいかも分からなくなる。

XX

「にんじん、笑うときは声をあげずにお行儀よく笑いなさい」ルピック夫人が注意する。

「泣くなら泣くでいいけど、ちゃんとした理由がなければいけないのよ」ともいう。

そして、こうつけ加えた。

「私はどうしたらいいの？　この子は頬っぺたを叩《たた》いたって、涙ひとつこぼさないいんだから」

XXI

ルピック夫人はこんなふうにもいった。

「どこかに汚いものがあったり、道端に糞《ふん》が落ちてたりすると、この子はかならず体にくっつけちゃうの」

「頭に何か考えがあると、ほかのことはすべてお留守になるわね」

「自分が特別だと思っているので、人目を引くためなら、自殺だって平気でするような子です」

XXII

そのとおり、にんじんは自殺しようとしている。バケツに冷たい水を入れ、勇敢にも鼻と口を突っこんだままにした。そのとき、いきなり誰かの手でバケツが乱暴にひっくり返され、にんじんの靴が水びたしになった。それでにんじんは一命をとりとめたのである。

XXIII

ルピック夫人はこんなこともいう。

「この子は私と同じで、悪気はないんです。意地悪というより間抜けで、のろまだから、だいそれたことなんかできっこありません」

そのいっぽうで、不運に見舞われなければ、この子は将来大物になるだろう、と考えてほくそ笑んでいる。

XXIV

「もしかして誰かが」とにんじんは空想にふける。「兄さんのフェリックスがもらったような木馬を、僕のお年玉にくれたなら、そいつに跳びのって、ここから逃げだそう」

XXV

にんじんは家の外に出ると、どんなことでもへっちゃらだという気がまえを見せるため、口笛を吹く。だが、ルピック夫人があとからついて来たのを見ると、口笛はぴたりとやむ。なんとも哀れな話だ。まるで母親が息子の小さな安物の笛を嚙《か》みくだいてしまったみたいだ。

とはいえ、くしゃみが出ているときに来てくれれば、くしゃみがぴたりと止まることも事実だ。

XXVI

にんじんは父親と母親の仲介役を務めることもある。ルピック氏がこういう。

「にんじん、このシャツのボタンがとれちゃったよ」

にんじんがシャツをルピック夫人のところへ持っていくと、夫人は答える。

「生意気ね、私に指図するつもり？」

それでも、夫人は裁縫箱を出して、ボタンを縫いつけてくれる。

XXVII

「もしもパパがいなかったら」ルピック夫人が叫んだ。「とっくのむかしに私はお前に殺されていたわ。ナイフで心臓を刺されて、哀れな死体になってね！」

XXVIII

「ともかく洟をかみなさい」ルピック夫人はにんじんにしつこく命令する。

にんじんはハンカチを折りたたんだ裏側でなんとか洟をかもうとする。だが、間違って表側でかんでしまうので、いつもたたみ直す。

そして、にんじんが風邪《かぜ》をひくと、ルピック夫人はしきりににんじんに洟をかませ、顔をべたべたにしてしまう。姉のエルネスチーヌと兄のフェリックスが羨ましく思うほどだ。そして、夫人はわざわざにんじんにこうつけ加える。

「これは悪いことどころか、いいことなのよ。洟が出て、頭がすっきりするからね」

XXIX

ルピック氏が今朝からずっとにんじんをからかっていたので、とうとうにんじんの口からひどい言葉が飛びだした。

「ほっといてよ、ばか!」

たちまち、まわりの空気が凍りつき、にんじんは目が熱く焼けるような気がする。

にんじんは口ごもり、何か危うい気配があったら、地面にもぐりこもうと身がまえる。

だが、ルピック氏はいつまでもにんじんを見つめるだけで、なんの気配も見せなかった。

XXX

姉のエルネスチーヌがまもなく結婚する。ルピック夫人は監視つきで娘が婚約者と散歩に出ることを許した。監視役はにんじんだ。

「先に行ってよ」エルネスチーヌはにんじんに命じる。「どんどん遠くまでね!」

にんじんは先に行く。犬みたいに駆けて、どんどん遠くまで進む。だが、うっかり足どりを緩めると、いやでも、姉と婚約者が隠れてキスをする音が聞こえてくる。

にんじんは咳《せき》ばらいする。

いらいらして、村のキリストの十字架像の前で帽子を脱いで挨拶したとき、いきなり地面に帽子を叩《たた》きつけ、足で踏みにじって、叫んだ。

「僕なんか誰からも愛されやしない、僕なんか！」

その瞬間、耳ざといルピック夫人が塀のうしろから顔を出し、口に薄笑いを浮かべた。恐ろしい形相だ。

にんじんは慌ててこうつけ加える。

「ママは別だけどね」

解説

中条省平

小説『にんじん』は、短文のスケッチを集めた『博物誌』と並んで、小説家ジュール・ルナールの名声を不朽にした作品です。

ジュール・ルナールは一八六四（元治元）年の生まれで、フランスの作家でいえば、アンドレ・ジッドやロマン・ロランとほぼ同年になります。日本は幕末の動乱の真っ最中で、ルナールが生まれたのは、天狗党の乱や池田屋事件が起こった年でした。

ルナールが文学者として自己形成した時代、フランスの小説界ではゾラやモーパッサンの自然主義が大きな影響力をふるい、詩の世界ではマラルメを最高峰とする象徴主義が隆盛を極めていました。

ルナールもこうした時代風土に育ち、ゾラの弟子で象徴派ともつながりのある作家ユイスマンスや、自然主義文学の大物エドモン・ド・ゴンクールなどと親交をもつようになります。

また、ルナールは戯曲作家としても活躍し、演劇における自然主義運動の中心人物である演出家のアンドレ・アントワーヌや、そのころフランス最高の人気俳優だったリュシアン・ギトリと付きあっています。

しかし、ルナールの小説は、人工的な美の構築を追求する象徴派とは遠いものでしたし、現実を露悪的に描きだす自然主義の行きかたとも異なるものでした。『博物誌』や『にんじん』が示すように、自然はルナールにとって終生、最大の関心事でしたが、彼が自然を捉える方法は、自然主義的な細密さとは正反対で、あっさりした短文で自然のエッセンスを巧みにすくいあげることを得意としました。

そのためルナールは、自然主義的小説や象徴主義の詩といった文壇の主流からはいささか離れた存在でした。当時から現在に至るまで、フランスでは、ルナールは一部のファンから熱心に支持される異色のマイナー作家というべき地位を築いています。

それに比べて、日本におけるルナールの名声はフランス本国より高いといってもいいくらいです。さらりと単純化された文章で自然の本質をうまく捉えるルナールの特色は、俳諧に通じる味わいをもっており、その点も日本人読者の共感を引くのに大きな力がありました。

　しかし、日本でのルナールの人気と評価は、劇作家・岸田國士《くにお》の名訳と切りはなすことはできないでしょう。日本におけるルナールの翻訳は、岸田國士による大正一三（一九二四）年の短編集『葡萄畑の葡萄作り』（のちに『ぶどう畑のぶどう作り』と表記が変わる）と、翌年の戯曲『別れも愉し』をもって嚆矢《こうし》とします。その後も岸田は、名訳で名高い『博物誌』（昭和一四・一九三九年）のほか、昭和一〇（一九三五）年から昭和一三（一九三八）年にかけて、ルナールの厖大な『日記』を七巻の個人全訳で仕上げるという偉業もなしとげており、岸田國士こそ日本におけるルナール紹介の立役者だということができます。

　さて、本書『にんじん』もまた、日本では、昭和八（一九三三）年に岸田國士の手で翻訳されて多くの読者に歓迎されました。そのうえ、翌年には、ジュリアン・デュヴィヴィエの脚色・監督によるフランス映画『にんじん』が公開されて大評判となり、その年の「キネマ旬報」のベストテンで外国映画の第三位に入りました。

　それ以降、幾種類もの邦訳がなされただけでなく、少年少女を対象とした読みものとして何度もリライトされてきました。そのため、『にんじん』を子供向けの物語だと思っている人も多いようです。

しかし、『にんじん』に収録された諸短編はもともと、ルナールが同人兼筆頭株主となって創刊した文芸誌「メルキュール・ド・フランス」に掲載されたものが中心になっています。けっして子供向けの物語ではありません。主人公のにんじんは子供ですが、彼を描きだすのはあくまでも作家ルナールの冷徹きわまるまなざしです。

主人公の名前が「にんじん」とは奇妙ですが、これは家族が彼を呼ぶあだ名です。フランス語ではPoil de Carotteといい、正しくは「にんじんの毛」という意味です。髪の毛が黄色がかった赤毛なので、そう呼ばれているのです。戯曲版の『にんじん』を初めて日本語にした大正一三年の山田珠樹訳は『赤毛』という邦題でした。デュヴィヴィエ監督の映画『にんじん』では本名はフランソワとされていますが、原作小説には一度も本名は出てきません。その点にも、この主人公が家族から軽んじられている事実が巧みに表現されているわけです。

しかし、何より興味深いのは、作者ルナールが浩瀚《こうかん》にして細密な『日記』のなかで自分のことをしばしば「にんじん」と呼んでいることです。

小説『にんじん』はむろんルナールの自伝ではありませんが、自伝的事実を大量に含んでいます。『にんじん』をルナールの子供時代の反映として読み解くことが可能なだけでなく、ルナール自身がその後の自分の人生を、「にんじん」が小説ののちに歩んだ人生と見なしているようなふしさえ窺えるのです。

『日記』に初めて「にんじん」という言葉が出てくるのは、一八九一年四月一〇日のことです。短編連作というべき小説『にんじん』の最初の一編は「赤ほっぺ」で、一八九〇年三月号の「メルキュール・ド・フランス」に発表されますが、このとき主人公の名前はヴェラングで、まだ「にんじん」ではありませんでした。この年「メルキュール・ド・フランス」を中心に発表されるいくつかの短編のなかで「にんじん」という名前が使われはじめるのです。したがって、『日記』で用いられるルナールの「にんじん」という自称は、自分の書いた小説から生まれたものなのです。『日記』における最初の「にんじん」への言及はこんなふうになされています。

『ねなしかずら』をにんじんが示す態度のひとつにするというアイデアが湧く。彼の恋愛経験のようなものだ。これは私にとってのタルタランになるだろう。そうして、三歳から一二歳までのにんじん、二〇歳のにんじん、さらに、一二歳から二〇歳のにんじんを描くことができるはずだ。(拙訳。以下、『日記』の引用は

すべて拙訳による）

『ねなしかずら』はルナールが自分の恋愛体験をもとに書きつつあった小説のタイトルです。また、タルタランというのはアルフォンス・ドーデが連作の主人公にした人物の名前なので、ルナールは『ねなしかずら』や『にんじん』を自伝的連作として書こうと考えていたことが分かります。

一八九二年八月三日の『日記』にはこの考えが次のように練りなおされています。

『わらじむし』を直接的な文体で書きなおす方法があるだろうか？　つまり、こう書くのだ、『ぼくの父、ぼくの兄、ぼくの姉』と。私は観察する登場人物になる。いかなる役も演じることなく、すべてを見届けるのだ。［……］かくして、『にんじん』すなわち子供時代と、『わらじむし』の青春時代と、『ねなしかずら』の二〇歳を揃えることができるだろう。

『わらじむし』はルナールが自分の家族を題材にして書いた最初の長編小説で、この時点でほぼ脱稿されていました。しかし、ルナールはこの三人称の小説を一家の末っ子であるにんじんの視点から一人称で書きなおすことを考えていたのでしょう。結局、『わらじむし』は三人称のまま、にんじんが登場することもなく、ルナールの死後にならなければ出版されませんでした。

こうした事実を見ても、『にんじん』がルナールの実人生をかなり反映していることは疑いありません。そのうえ、『にんじん』を発表したのち、ルナールは自分の実の父と母を、ルピック氏、ルピック夫人と、にんじんの父母の名前で呼ぶようにさえなるのです。

『日記』に出てくる「にんじん」に関する重要な記述をもうすこし拾ってみましょう。

こういうことができる。『にんじん』のおかげで私は人生を二重に生きることになる、と。（一八九四年二月二三日）

[友人の小説家マルセル・シュオッブに向けて]『にんじん』は一個の〈作品〉というよりは、ぼろぼろになった精神をさらけだしたものなのです。（一八九四年

九月一〇日）
にんじんはたえず私のもとに戻ってくる。私たちは一緒に暮らしている。そして、私は彼より先に死ぬことを望んでいる。（一八九五年九月九日）

これらの断片的記述を読んで分かるのは、ルナールにとって、にんじんという架空の人物が自分の分身として感じられていることです。ルナールとにんじんは同一人物ではありませんが、ルナールはにんじんを自分の本質が対象化された存在と見なしています。それゆえ、生身のルナールが死んだのちも、彼の本質を純粋に体現したにんじんが普遍的存在として生き延びることを望んだのでしょう。そして実際にこの小説の刊行から一二〇年以上経ったここ日本でも、にんじんは生きつづけているのです。

『にんじん』はしばしば、子供のいじめを扱った小説だと見なされてきました。とくに有名なのは、にんじんがおねしょをした罰として実の母親ルピック夫人から小便入りのスープを飲まされる「ひどい話」のエピソードでしょう。

しかし、「ひどい話」は残酷な母親による幼児虐待を露悪的に描いたものではありません。たしかに母親の心ない行為とその共犯者たる兄と姉の冷笑的な態度はうまく描写されていますが、この短編の眼目は、肉親によるいじめの残酷さよりも、むしろ主人公のクールな姿勢を描いた結末の一行にあります。

にんじんは慣れている。一度慣れてしまえば、あとは面白くもなんともないものだ。

つまり、『にんじん』は、子供のニヒリズムを描いた小説として、世界文学の一角に特異な地位を占めているという評価も可能なのです。はるか後年のアゴタ・クリストフによる『悪童日記』の先駆という趣《おもむき》さえ見られます。

短編「おたまじゃくし」の結語もまた、主人公の冷徹な心境を的確に描いています。

ひとりぼっちで、頼るものもなく、退屈に耐え、自然に罰が下されるのをただ待っている。

しかし、『にんじん』はニヒリズムの淵に呑みこまれる子供の悲劇ではありません。幼い少年が人生の早いうちに親や姉兄を含む世界の残酷な仕打ちにあい、世界の実相を見きわめながら、その苦しみと悲しみを克服していく自己確立の物語でもあるのです。

西欧の文学的伝統にある用語を使うならば、「ビルドゥングスロマン」ということになります。「ビルドゥングスロマン」には日本語では「教養小説」という訳語があたえられてきましたが、これは「教養」というよりはむしろ「教育」であり、語源的には「形成」という意味をもっています。すなわち、「自己形成小説」というのがいちばん妥当な日本語になるでしょう。

しかし、ビルドゥングスロマンを代表するゲーテの『ヴィルヘルム・マイスターの修業時代』をはじめ、ディケンズの『デイヴィッド・コパフィールド』や、フロベールの『感情教育』など、このジャンルの小説の大多数が長い時間のなかで人間の変化を描く長編小説であるのにたいし、『にんじん』は断片的エピソードをつなぎあわせた連作小説であり、全体としても短い作品にすぎません。長い小説を指すフランス語の「ロマン」や英語の「ノヴェル」という言葉で呼べるような作品ではありません。

『にんじん』の短編連作という独特の形式はルナールの人間認識と深く関わるものです。

『ヴィルヘルム・マイスターの修業時代』や『デイヴィッド・コパフィールド』が一九世紀に頂点を極める近代小説の典型として、個人の一貫した意志や欲望に最も重要な価値を見出《みいだ》しているとしたら、『にんじん』はそうした人間認識からもはや遠いところに来てしまった現代の小説というほかありません。つまり、個人の意志は世界の壁と戦うにはあまりにも無力で、人間は首尾一貫した存在として自己を全うすることなどできはしない、という人間と世界の認識にどっぷりと浸かっているのです。

ルナールの『日記』には、友人のルイ・パイヤールとのこんな会話が記されています。

「パイヤール」「にんじんはたえず大胆なことをいう。それでこちらは途方にくれてしまう。大胆だからじゃないよ。彼のことがよく分からなくなるんだ。にんじんの年齢だってじつはよく分からない」

「ルナール」「それは、にんじんがその瞬間瞬間で作られているからだ。組み立てられた存在ではなく、あるがままの存在なんだ。その気になれば、彼を切り刻んで、形を整えることもできただろう。でも、それをやるのは、おそらく苛立ちを感じる君たち読者の仕事なんだ。それでかまわない。そうすることで、好むと好まざるとにかかわらず、君たちはにんじんの人生をさらに大きなものにしているのだから」（一八九九年七月一六日）

『にんじん』という小説に関わるきわめて本質的な指摘です。ルナールは『日記』のなかで自分を見つめつづけた作家です。その徹底した自己観察の結果として、首尾一貫した個性として発展を遂げる人間など存在しない、という考えにたどり着いていたのでしょう。人間のなかには矛盾し、ぶつかりあう精神的、肉体的要素が混在し、その葛藤は永遠に解消されることはありません。確たる個人の意志やあるべき理想の自分といったものは虚構であり、その場その場、その瞬間その瞬間の葛藤のなかから人間の考えや行動が導きだされていく、というのがルナールの人間認識の基本なのです。ここには、一九世紀の主流をなした近代的な人間観というより、むしろ第二次世界大戦後に脚光を浴びる実存主義的な人間観に近いものさえ見ることができます。

とはいえ、先に引用した『日記』のなかに、『にんじん』は三歳から一二歳までのにんじんの子供時代を扱うという記述があったように、この小説は、その瞬間瞬間で作られたあるがままのにんじんのスケッチを連ねながら、結果としてひとりの人間の少年時代を記録し、その成長を描きだした小説になっています。

ルナールの友人パイヤールは、「にんじんの年齢だってじつはよく分からない」と文句をいいましたが、じっさい、『にんじん』という小説が主人公の何歳から何歳までの出来事を扱っているかは正確には分かりません。

ただ、最初から五番目の短編「ひどい話」の冒頭に、「ほかの子供が初めて聖体を拝領して、心も体も浄くなる年頃」とあるので、これはフランスの子供が初聖体拝領をする七、八歳ころの話だと推定することができます。

さらに、中盤の短編「行きと帰り」では、すでににんじんと兄のフェリックスは寄宿学校に通っているという設定ですから、その後の物語は、作者ルナールの人生を参照するならば、ルナールが兄と一緒にサン＝ルイ学院に通いはじめた一一歳以降の出来事だと考えることができます。

そして、終わりから二番目の短編「最後の言葉」でも、にんじんは寄宿学校に通っていますので、長く見積もっても、『にんじん』という小説は、主人公が高等中学を卒業する一七歳までの物語だということになります。

ただし、巻末に置かれたスケッチ集「にんじんのアルバム」の最後の挿話には、「姉のエルネスチーヌがまもなく結婚する」という文章がありますから、これもルナールの人生に依拠するなら、ルナールの姉が結婚したのは彼が一九歳のときなので、この挿話のときのにんじんは一九歳ということになります。しかし、ここで描かれるにんじんの姿は、パリでひとり暮らしをし、年上の愛人もできる一九歳のルナールよりずっと幼い感じがするので、やはり、虚構の人物にんじんと実生活のルナールとを完全に重ねあわせるのは無理なようです。

ともあれ、『にんじん』を、主人公が七、八歳から一〇年ほどの期間にわたる「自己形成小説」だと考えることはできそうです。その場合、もっとも重要な短編は、初めのほうに置かれた「髪の毛」といえるでしょう。姉のエルネスチーヌが弟のフェリックスとにんじんの髪の毛をポマードで整えようと奮闘するたわいもないお話に見えますが、全編の焦点がラストの数段落にあることは明らかです。

だが、にんじんがいつもの気分で諦めていても、髪の毛のほうが、知らないうちに彼の仇をとってくれる。／髪の毛はポマードのせいで、しばらくは無理やり寝かされ、死んだふりをしている。しかし、［……］そのうち、最初の髪の毛が、ぴんと立ちあがる。真っ直ぐに、自由に。

この一節は、にんじんが初めて暴君たる母親に反逆し、家族から離れて自活したいと父親に告げる『にんじん』の結末を見事に予告しています。その意味で「髪の毛」は、『にんじん』という小説を、首尾一貫しているとはいわないまでも、長い歳月をかけて主人公が成長する「自己形成小説」の一種だと見ることの正当性を明快に教えてくれる挿話です。

しかし、先に強調したように、『にんじん』は人間の矛盾する多面性をあるがままに捉えるという意図をもった小説でもあります。

その点でとくに興味深く、ショッキングなのは、にんじんがおこなう動物虐待の話かもしれません。現代の児童心理学の知見によれば、幼時に残酷な動物虐待をくり返す子供が後年、それ以上の残虐な犯罪行為に走る例があるとされているからです。

しかも、ひとつのエピソードだけではありません。「やまうずら」「もぐら」「猫」と、物語が進むにつれて残虐さの程度を増幅させながら三つの挿話が語られ、最後の「猫」の後半では、強迫的なざりがにの悪夢まで語られています。ここには、にんじんが不幸な家庭環境のなかで蓄積していった暴力衝動のはけ口が描かれています。

ところで、当然のことながら、『にんじん』には作者ルナールの体験がすべて語られているわけではありません。例えば、『日記』の一九〇六年一二月一〇日の記述を見てみましょう。

『にんじん』。だが、私にはすべてを書く勇気はなかった。私が語らなかったのはこんなことだ。ルピック氏はにんじんをルピック夫人のところへやり、離婚したいかと聞かせたのだ。そして、ルピック夫人の反応。なんとひどい修羅場になったことか！

ルピック夫人のにんじんへの虐待が夫の無関心と愛情の欠如に由来するものであり、にんじんの動物虐待がこうした家庭環境に対する憤懣《ふんまん》の爆発であったことは容易に想像がつきます。『にんじん』にはそんな危険な子供の内心のドラマが語られているのです。

ルナールと母親の関係について、『日記』に注目すべき一節が残されています。現在私たちが読めるルナールの『日記』は、一九一〇年にルナールが死んだのち、『ジュール・ルナール全集』（一九二五〜二七年）で初めて公表されたものですが、その際、ルナール未亡人の手によって、発表に不適当と判断された日記の約半分が焼却されてしまいました（ルナールの愛人に関する記述が主な削除の対象だったと推測されています）。しかし、ルナールと母親の関係については、この恐ろしいともいえる記述が残されたことはちょっと不思議な気もします。

秘密のにんじん。［……］ルピック夫人には私の目の前で下着を替える奇妙な癖があった。乳房の谷間の上で紐を結ぶために、彼女は両腕と首をもち上げる。そしてまた、暖炉の火にあたりながら、膝の上までドレスを捲りあげる。私は彼女の太腿を見ないわけにはいかない。母親はあくびをしながら、あるいは、頭を手で抱えながら、椅子の上で体を揺すっている。私が恐怖をもってしか語らない母親が、私の体を火照らせるのだ。

そして、この炎は私の血管に残る。昼のあいだは眠っているが、夜になると目覚めて、恐ろしい夢を見させる。ルピック氏がそばにいて、新聞を読み、私たちのほうには目を向けないが、私は、体を投げだす母親を抱き、私が出てきた胎内へと返る。私の頭は母親の口のなかに消える。地獄のようにすさまじい快感だ。翌朝の目覚めのなんと苦痛に満ちたことか。そして、一日中、情けない思いをするのだ！そのすぐあとで、私と母親は敵同士に戻る。いまでは私のほうが強い。彼女を情熱的に抱いたこの腕で、私は彼女を床に叩きつけ、押しつぶす。母親を踏みつけ、台所のタイルで顔をすりつぶす。

無関心な父は新聞を読みつづけている。

誓っていうが、今夜またこんな夢を見ると分かっていたら、ベッドに入って眠ろうとしたりせず、家から逃げだしていただろう。（一八九六年一〇月一八日）

この『日記』の一節を書いたとき、ルナールは三二歳になっていました。この年になっても消えない、母親への性的な欲望と分かちがたくいり混じった暴力衝動の激烈さに唖然としてしまいます。この一節を読むと、にんじんが猫を虐待して殺し、失神してしまったあと、母親がにんじんになり代わって猫殺しの手柄話をし、その後、にんじんがざりがにの大群に襲われて食われそうになる悪夢を見るという物語の深層心理が明らかになります。にんじんは母親への憎悪を猫殺しに投影し、夢のなかでその深い罪悪感に苛まれているのです。

しかし、そうして血みどろの暴力へと追いつめられていくにんじんがいる一方で、自分だけの孤独に魂の安らぎを見出し、つまらないエゴイズムを捨てて自然の風物に溶けこむにんじんの、ほとんど隠者のような詩的喜びも描かれています。こういうところに、『にんじん』という小説の端倪《たんげい》すべからざる人間理解の多面性が表れているのです。

例えば、「うさぎ」という短編で、小屋の暗がりに差しこむ光の矢の輝きの、静穏に澄みきった美しさ。あるいは、「小屋」のなかで、涼風を送ってくる排水口からの水の流れの、まどろみを誘うような心地よさ。そして、極めつきは、「ウマゴヤシ」の野原です。

にんじんとフェリックスは空腹を忘れ、水夫のように、犬のように、蛙のように泳ぎはじめる。ふたつの頭だけが浮かんで見えている。緑のさざ波を手で払い、足で蹴ると、柔らかく倒れていく。［……］ふたつの頭が草に消える。もうどこにいるのか分からない。／風がやさしい吐息を吹きかけると、ウマゴヤシの薄い葉がめくれて、白い裏側が見える。草原一面に震えが走る。

あらゆる人間関係の桎梏《しっこく》から解き放たれて、自然のなかに無私の存在として溶けこんでいくにんじんの詩的な恍惚が、この上なく簡潔な文体で活写されています。『博物誌』や『ぶどう畑のぶどう作り』のスケッチでみごとに描かれているように、ルナールにとって自然の風物こそが人間の精神をほんとうに慰撫してくれる唯一無二の救いでした。『にんじん』のなかでは、「水遊び」「羊」「スモモ」「木の葉の嵐」といった諸編に、にんじんと自然との交感の多様なかたちが生き生きと捉えられています。生まれてから死ぬまで故郷の村を愛しつづけたルナールの感覚的原点がそこに表れています。

一九〇六年六月七日、死の四年前（四二歳）のルナールは、親しい友人である名優のリュシアン・ギトリを自分の暮らすショーモ村に招き、『にんじん』の舞台となった故郷シトリーの家を見せてやりました。

ギトリがショーモにやって来た。［……］ギトリににんじんの家を見せに連れていく。彼は、鶏小屋、うさぎ小屋、にんじんの小屋を見た。そばには、私も忘れていたが、皿を洗う湧き水があった。／『いいねえ』とギトリはいった。『にんじんはここから出てきて、ここに帰っていくんだね』［……］にんじんと兄がウマゴヤシを食べた野原。

ルナールは一九〇四年にシトリー村の村長に選ばれて以来、公職に専心し、小説家としては短編集『村の無骨な仲間たち――ラゴット』（一九〇八年）を刊行しただけで、死の半年前に初演された戯曲『信心狂いの女』（一九〇九年）が遺作となりました。これはルピック一家の父母と姉と兄が登場する、にんじんの出てこない『にんじん』の続編ともいうべき作品でした。

さらに、死のひと月ほど前に残されたルナールの『日記』の最後の記述も、『にんじん』と切っても切れない関係をもったものでした。

昨夜、ベッドから起きあがろうとした。体が重い。片脚がベッドの外に垂れた。そして、脚を伝って細い水が流れた。流れが踵まで来て、ようやく決心がついた。シーツのなかで乾けばいいんだ。私がにんじんだったころと何も変わらない。

(一九一〇年四月六日)

最後の最後まで、ルナールはにんじんだったのです。

ルナール年譜

一八六四年

二月二二日、フランス北西部のメーヌ地方、マイエンヌ県ラヴァル郡のシャロン＝デュ＝メーヌで生まれる。父フランソワは四〇歳で、土木技師。母アンヌ＝ローザは二八歳。五歳年上の姉アメリーと、二歳年上の兄モーリスがいた。

一八六六年　　二歳

父フランソワは土木建築の仕事を辞め、フランス中央部のニエーヴル県にあるシトリー＝レ＝ミーヌ村に移る。ここはフランソワの生まれ故郷で、彼は村長を務めることになる。

一八七五年　　一一歳

ニエーヴルの県庁所在地ヌヴェールにある私立の寄宿学校、サン＝ルイ学院に兄モーリスと一緒に入学する。ここに寄宿して外部にある公立の高等中学（中学・高校）に通った。クリスマス、復活祭、夏休み以外は家に帰れない。この生活を一七歳まで続ける。

一八八一年　　一七歳

七月、成績優秀だったにもかかわらず、

バカロレア（大学入学資格試験）の一次試験に落第する。サン＝ルイ学院の院長リガルの勧めで、エコール・ノルマル・シュペリユール（高等師範学校）の受験をめざす。

一〇月、パリに行き、ホテル暮らしをしながら、シャルルマーニュ高等中学の修辞学級（最終学年の一年手前のクラス）に通う。この学校で文学好きの友人ができ、詩を書きはじめる。

一八八二年　一八歳

七月、バカロレアの一次試験に合格。

一〇月、シャルルマーニュ高等中学の哲学級（最終学年）に入る。だが、年末の成績は惨憺たるものだった。

一八八三年　一九歳

一月、エコール・ノルマル・シュペリユールの受験を断念する決意を父フランソワに手紙で伝える。

七月、バカロレアの二次試験に合格。

姉アメリー、結婚。

家から仕送りを受けながら、読書と執筆に時を費やし、文学サロン的なカフェや出版界に出入りを始める。

コメディ・フランセーズの準座員の女優ダニエル・ダヴィルと知りあう。一〇歳年上のダニエルはまもなくルナールの愛人となり、ルナールの詩「薔薇」をサロンで朗読する。のちのルナールの小説『愛人』（一八九六年）はダニエルとの関係を題材にしている。

一八八四年　二〇歳

八月、自分の家族とシトリー村の風俗に取材した処女長編小説『わらじむし』を書きはじめる。この小説は一八八九年にほぼ脱稿されるが、ルナールの死後の一九一九年にならないと出版されない。

一八八五年　二一歳

一一月、ニエーヴル県の西に隣接するシェール県の県庁所在地ブールジュで、兵役のため戦列歩兵連隊に配属される。

一八八六年　二二歳

七月、詩集『薔薇』を自費出版。副題「血の泡」、さらに「コメディ・フランセーズ所属のダニエル・ダヴィル夫人によって朗誦された詩編」との注記が付された。

一一月、兵役を終えて、パリに戻り、職探しをおこなう。このころ、ガルブラン夫妻と知りあう。この夫妻は、のちのルナールの小説『ねなしかずら』（一八九二年）および戯曲『ヴェルネ氏』（一九〇三年）のモデルとなる。

一八八七年　二三歳

この年から『日記』の執筆が開始される（この『日記』は一九一〇年の死の直前まで執筆され、一九二五〜二七年に刊行される『ジュール・ルナール全集』で初めて公表される。だが、それに先立ってルナールの妻マリーにより日記全体の約半分が焼却された）。

三月、倉庫管理会社に就職するが、六月、解雇される。

その後、小説家オーギュスタン・リヨンに雇われ、リヨンの三人の息子の家庭教師を務める。

八月、ガルブラン夫妻に招待され、ノルマンディの海浜リゾート地バルフルールで夏休みを送る。おそらくここで一六歳の少女マリー・モルノーと出会う。

一八八八年　二四歳
二月、マリー・モルノーに結婚を申しこみ、婚約を交わす。そのため愛人の女優ダニエル・ダヴィルと手を切るが、この経緯はのちのルナールの戯曲『別れも愉し』（一八九七年）の題材となる。
四月、マリー・モルノーと結婚。モルノー家のパリの住居に移り住み、マリーの母親と同居するが、母親とはうまくいかない。だが、この不動産とマリーの多額の持参金のおかげでルナールの生活は安定する。
一〇月、ニエーヴルの農村風俗を描く初短編集『村の犯罪』を自費出版する。

一八八九年　二五歳
一月、ルナールと妻マリーはシトリー＝レ＝ミーヌに行く。

二月、シトリーでマリーが長男ジャン＝フランソワ（愛称ファンテック）を出産。母アンヌ＝ローザが妻マリーにつらくあたることが今後のルナールの心労の種となる。

九月、パリに帰還。

一一月、シャルルマーニュ高等中学時

代の同級生で象徴派の詩人になったエルネスト・レイノーに誘われ、文芸誌「メルキュール・ド・フランス」の創刊に同人として参加し、妻の財産のおかげで筆頭株主となる。
一二月、「メルキュール・ド・フランス」創刊号からこの雑誌に短編小説を発表しはじめる。のちの小説『にんじん』(一八九四年)に含まれる諸短編も主にこの雑誌を舞台として発表されることになる。

一八九〇年　二六歳
「メルキュール・ド・フランス」への小説の寄稿で文壇にも名を知られ、ジョリス＝カルル・ユイスマンスやアルフォンス・ドーデなど有名作家の知遇を得る。
一〇月、短編小説集『薄ら笑い』(初版一〇〇〇部)を刊行し、公の小説家デビューを飾る。このなかには、『にんじん』に収録される短編が一〇編含まれている。

一八九一年　二七歳
一月、三歳年下のマルセル・シュオッブと知りあう。シュオッブは碩学《せきがく》の小説家で、ルナールと深い親交を結んだ。
三月、ドーデの紹介で、彫刻家オーギュスト・ロダンや、文壇の重鎮エドモン・ド・ゴンクールと知りあう。
一二月、シュオッブの家で、『アンドレ・ワルテルの手記』を出版したばかりの若い作家アンドレ・ジッドを紹介される。

一八九二年　二八歳

一月、初長編小説『ねなしかずら』を刊行（初版六五〇〇部）。自身のガルブラン夫妻との交友をもとに、寄食者的生活を送る作家志望の若者の生態を描いている。

三月、長女ジュリー＝マリー誕生（愛称バイ）。

一八九三年　二九歳

二月、短編集『怪鳥』を刊行。

六月、短編集『カンテラ』を刊行。

一八九四年　三〇歳

一〇月、短編集『ぶどう畑のぶどう作り』と、短編連作『にんじん』（四四編収録）を出版。

一一月、画家トゥールーズ＝ロートレックと知りあう。

一八九五年　三一歳

二月、シトリー＝レ＝ミーヌに行き、近隣の村ショーモの田舎家を借りて、「ラ・グロリエット」と名づける。「グロリエット」は「庭園のあずまや」のことだが、語源的に「ささやかな栄光」の意味もある。

五月、新進劇作家エドモン・ロスタンと親交を結ぶ（この二年後、ロスタンは『シラノ・ド・ベルジュラック』でフランス演劇史上最大のヒットを飛ばすことになる）。

一一月、自身の短編小説を原作とする初戯曲『結婚の申し込み』がオデオン座で上演される（翌年、刊行）。

一二月、ロスタンから名女優サラ・ベルナールを紹介され、彼女が自分の小説のファンであると知って感激する。

一八九六年　三二歳
二月、名優リュシアン・ギトリと知りあい、ギトリから、『怪鳥』に収められた対話体の短編小説「別れのおしゃべり」を戯曲にするように勧められる。これがのちに『別れも愉し』に発展する。

三月、自然の風物に想を得た短文のスケッチ集『博物誌』を刊行。

五月、女優ダニエル・ダヴィルとの関係に取材した小説『愛人』を刊行。

同月末、ルナールの一家はショーモ村のラ・グロリエットに落ち着き、以後、一九〇九年まで、ここで一年のほぼ半分を暮らすようになる。

一八九七年　三三歳
五月、戯曲『別れも愉し』がボディニエール座で初演され、成功を収める（翌年、刊行）。ルナールは一流の劇作家としてパリで有名になる。
六月、父フランソワが肺鬱血で重篤な病に冒されていることを知り、猟銃で心臓を撃って自殺をとげる。享年七三。ルナールは父の死で「根こそぎ」にされ、夏から秋にかけてパリでの仕事に戻らず、父と同じく狩猟に没頭して過ごす。
一二月、ポルト・サン＝マルタン座で

ロスタン作『シラノ・ド・ベルジュラック』の初日前の総稽古に立ちあう。

一八九八年　三四歳
二月、ゾラの大統領宛て公開状「私は弾劾する」によってドレフュス事件が激化し、ルナールもユダヤ人士官ドレフュス擁護の論陣を張る。
三月、戯曲『日々のパン』がリュシアン・ギトリ主演により日刊紙「フィガロ」社のサロンで初演され、大評判を博す（翌年、刊行）。
五月、シトリーやショーモの田舎風物を描いた短文集『田園詩』を刊行。

一九〇〇年　三六歳
一月、兄モーリス、狭心症で死去（享年三八）。
三月、ルナールみずから戯曲化した一幕物の『にんじん』が、アンドレ・アントワーヌの演出と主演（ルピック氏役）により、アントワーヌ座で初演され、大成功を収める。戯曲も刊行される。
五月、ショーモ村の村会議員に選ばれる。
八月、レジオン・ドヌール勲章のシュヴァリエ級を授与される。

一九〇二年　三八歳
増補決定版『にんじん』（四八編と「にんじんのアルバム」収録）を刊行。

一九〇三年　三九歳
五月、二幕物の戯曲『ヴェルネ氏』が、アンドレ・アントワーヌの演出と主演

（ヴェルネ氏役）により、アントワーヌ座で初演される（翌年、刊行）。

一九〇四年　四〇歳

五月、シトリー＝レ＝ミーヌの村長に選出される。

一九〇七年　四三歳

一〇月、ユイスマンスの死去（三月）によって空席となったアカデミー・ゴンクールの会員に選出される。

一九〇八年　四四歳

五月、シトリーの村長に再選される。

一一月、農民の生活や田園の風物を描く短編集『村の無骨な仲間たち——ラゴット』を刊行。

一二月、ショーモ村の借家ラ・グロリエットが所有者により売却されることになり、翌年からシトリーの父方の家に住むことに決める。

一九〇九年　四五歳

三月、医師ルノーから、蛋白尿、高血圧を診断される。

八月、母アンヌ＝ローザが家の井戸に転落して溺死（享年七三）。事故死らしいが、病気を苦にしての自殺という疑いも残る。

一〇月、小説および戯曲『にんじん』の続編というべき、ルピック一家を扱った二幕物の戯曲『信心狂いの女』が、アンドレ・アントワーヌの演出によりオデオン座で初演される（翌年、刊行）。

一一月、発作を起こして倒れ、以後、

しばしば死の予感に襲われる。

一九一〇年　四六歳

五月二二日、パリのロシェ通りの自宅で死去。翌々日、遺体はシトリーに移送され、無宗教の葬儀がおこなわれた。

訳者あとがき

これまで三〇冊ほどの本を訳してきましたが、ルナールの『にんじん』ほど簡潔な文体と付きあったのは初めてのことでした。

構文が見通しやすく比較的短文が多いので、一見、訳しやすくみえます。いや、じっさい、これまで扱ったプルーストやジュネやマンディアルグといった猛者《もさ》の文章に比べたら、格段に訳しやすいことは事実です。

しかし、そのまま訳したのでは、日本語としてどうしても安定感のある文章にならないのです。ぶっきらぼうで、飛躍が多く、文章の流れがごつごつして、読者の喉につっかえてしまいそうです。そこで、ひそかにつなぎの表現を加えたり、逆に、でこぼこした部分の剪定をおこなったりして、目で読んで理解しやすく、耳で聞いて淀みのない文章にする作業がどうしても必要でした。

ルナールは自分の文体について、こんなことをいっています。

私はもう書くことに喜びを感じない。自分にとってあまりに困難な文体を作りあげてしまったからだ。(一八九七年五月一四日)

ここで「困難な」と形容されている文体の特徴は、むろん「難解な」という意味ではありません。逆に、極限まで単純化され、すべての潤いを絞りとった果ての、乾燥しきった文体ということです。げんに、一八九〇年の『日記』にはこう記されています。

八月一日　白い文体。

八月一二日　おそらくメリメは最も長く残る作家だ。じっさい、メリメはほかのどんな作家よりも比喩を使うことが少ない。比喩は、文体が古くなる原因なのだ。後世は、乾燥した作家、便秘した人々のものとなるだろう。

白く乾いた文体といえば聞こえはいいのですが、水分を失くしてからからに干からびた、糞づまりの文体ということです。初めから干からびていれば、あとから古くなって変質し干からびる心配がないわけです。そして、ルナールはメリメだけではなく、自分自身の文体についても同じことをいっています。

私は理想的な乾燥状態に到達した。もはや一本の木を描写する必要はない。その木の名前を書けば、それで十分だ。（一八九七年九月三〇日）

そんな乾いた文体を外国語にうまく移すのが困難なことはいうまでもありません。しかし、ルナールの乾燥した文体は、冷酷なまでに厳格だというだけではありません。あらゆる無意味な飾りを捨てて、野放図なまでの潔さを実現しているのです。この性質は、ルナールの小説の根本的な特質である風通しのよいニヒリズムとも通じあっています。それがルナールの文体の本質であり、魅力なのです。訳者は非力ながら、こうした原文独特の趣を伝えるように努めました。

もうひとつ心がけたのは、『にんじん』の描く今から百数十年前のフランスの農村の生活を、光文社古典新訳文庫のモットーである「いま、息をしている言葉で」現代に甦らせることでした。

『にんじん』にはいくつかの既訳があります。主なものは、岩波文庫の岸田國士訳、角川文庫の窪田般彌訳、旺文社文庫の辻昶訳、新潮文庫の高野優訳で、それぞれ独特の雰囲気をもった訳文に仕上がっていますが、意外な共通点があります。それはヴァロットンの木版挿画がたっぷりと挿入されていることです（ただし、臨川書店版『ジュール・ルナール全集』の佃裕文訳『にんじん』だけはダラニェスの挿画を用いています）。

ヴァロットンの絵は個性的で楽しく、美術作品としての価値も高いものですが、『にんじん』の印象を田園牧歌ふうに固定するきらいがあり、とくにまずいのは、主人公が坊主頭の田舎の悪ガキふうに描かれていることです。

本書解説でも述べたように、『にんじん』には「髪の毛」というエピソードがあり、にんじんの癖毛が姉の塗ったポマードに抗して、真っ直ぐに、自由に立ち上がるという重要な結末をもっています。この結末を見れば明らかなとおり、にんじんはヴァロットンが描くような坊主頭ではありえないのです。

さらに、従来の『にんじん』の印象を決定づける要素として、登場人物たち（とくに母親のルピック夫人）の口調が中途半端に時代がかっていたり、田舎くさいものになっていることがあげられます。もちろん、わざとらしく今ふうのおしゃべりにすることは論外ですが、それでもフランス語の原文を読んでいるときには、時代色や地方色がそれほど強いとは思えず、『にんじん』に描かれる家庭や村での出来事は、私たちの身近でも起こりうることのように感じられます。ですから、本書では、原文の言葉を曲げることなく、この物語を現代の読者にとってできるだけ普遍的な出来事に感じとってもらえるような訳文をめざしました。

拙訳の作業結果の判定は読者の皆さまにお任せするほかありませんが、今回の新たな訳文で、『にんじん』という物語の古びることのない普遍的な説得力を伝えることができたら、これに過ぎる喜びはありません。

……とまあ、「訳者あとがき」でいうべきことは以上でほぼ尽くされているのですが、ついでに、いやいや、せっかくの貴重な機会ですから、ひとつ訳者の気にかかったことについて最後に述べさせていただきます。

それは、にんじんの父親、ルピック氏の問題です。

この父親は、息子におしっこを飲ませる超個性的な母親に比して、あまりに影が薄くてかえって気になるのです。そもそも冒頭の「にわとり」では、ほかの家族が全員顔をそろえているというのに、ルピック氏だけは不在なのです。というより、そこにいるはずなのに、語り手からまるで透明人間のように無視されているのです。この存在感の稀薄さがむしろこの父親の特徴だといいたくなるくらいです。
もちろん、にんじんを狩猟に連れだす話ではそれなりに父親らしい役割を果たしますが、それも束の間、ルピック氏は早々に息子を放りだして、ひとりで野うさぎを撃ちに行ってしまいます。全編を通じてルピック氏が個性を発揮するのは、最後から二番目の短編「最後の言葉」で、にんじんに向かってあの決めゼリフを吐くところだけだといっても過言ではありません。

じゃあ、私があの女［ルピック夫人］を愛しているとでも思うのか？

戯曲の名人でもあったルナールにふさわしく、ルピック氏のこのセリフは、自分を殺してきたこの男の苦い忍耐の人生を一挙に強く印象づけます。これまでの存在感の欠如が、逆に大きな効果を発揮するのです。

しかし、それにしても、このルピック氏の造形はいささか不自然ではないでしょうか。端的にいって、『にんじん』においてルピック氏の人生は意図的に隠蔽されている、というのが私の正直な印象です。

母親についてはあれほど露骨で残酷な肖像画を描きながら、なぜルナールは父親についてほとんど沈黙したのか、という疑問が湧いてきます。おそらくそれは、ルナールが母親には怨念を抱いていたのにたいし、父親には憐憫を感じていたからでしょう。『にんじん』が出版されたとき、ルナールの父親も母親も存命でした。したがって、それを読んだ母親は怒り狂ったことでしょう。ルナールは当然そのことを予期し、覚悟の上で、ルピック夫人の肖像を描いたのです。なにしろ、ルナールは『日記』のなかでこう書いた人でした。

ああ！　どうして私も生まれるときに母親の命を奪わなかったのだろう！（一九〇一年二月一八日）

いっぽう、そんな母親と暮らしてきた父親には憐れみの感情を抱き、父親の実像を

『にんじん』のなかで描いて彼を悲しませることを躊躇したのでしょう。

ところが、『にんじん』を刊行した三年後、父親は肺鬱血に冒され、それが重篤な病であることを知って、意気消沈してしまいます。

家に着くと、道にママが見えた。ママは叫んだ、「ジュール！　ああ！　ジュール！」。こんな言葉が聞こえた、「なんであの人は鍵なんか掛けて閉じこもったの？」ママは気が狂ったみたいだった。私は前ほど慌てず、扉を開けようとした。だめだ。私は呼んだが、父は答えない。何がなんだか分からない。父は気分が悪くなったか、庭にいるのだろうと思った。

何度か肩をぶつけると、扉が開いた。

硝煙と火薬の臭い。私はわずかな叫びを上げた、「ああ！　パパ、パパ！　どうしたんだ？　ああ！　なんてこと！　ああ！　ああ！」。だが、私はまだ信じない。これはパパの冗談だろう。信じられなかったのだ、白い顔も、開いた口も、心臓のそばの黒いものも。［……］父はベッドに仰向けに横たわり、脚を広げ、上半身を斜めに曲げ、頭をのけぞらせ、口と両目を開けていた。脚のあいだには猟銃、ベッドと壁のあいだには杖があった。両手を開き、杖と猟銃を放していた。手はシーツの上でまだ温かく、硬直してはいなかった。ズボンのベルトのすこし上に、黒いところ、ちょっと焼けこげた痕のようなものがあった。（一八九七年六月一九日）

この父親の自殺にルナールは大きな衝撃を受けます。

父の死で、私はしばらくのあいだ、根こそぎにされていた。（同年七月二六日）

その夏のあいだ、ルナールはパリに戻って仕事を再開することができず、父親の唯一の趣味といえた狩猟に自分も打ちこむことで、悲しみを忘れようとします。その一方で、ルナールは、自殺という意志的な行為で自分の人生に勇気ある始末をつけた父親にたいする自分の敬意を再確認しています。

いいや！　父は予告めいたことはいわなかった。父と私はしばしば死について話しあったが、父の死について話しあったことはなかった。そのためには古代ローマ人の勇気が必要だったのだ。たぶん父にはそれがあった。私たちにはなかっただろうが。(一八九七年六月二六日)

要するに、この死は私の誇りを高めてくれた。(同年六月二八日)

私は、釣りへ行くにも、どこへ行くにも、父を一緒に連れていく。(同年七月二日)

ときどき、私は父の死体の真似をして、道の真ん中で立ちどまり、彼がベッドでそうしていたように、口を開ける。(同年七月三日)

私にはもはや本を読むことなどできない。あれほど美しい行為を見たあとで、最も美しい文章だって、なんの価値があるだろう?(同年七月七日)

父と私は外側から見ればぜんぜん愛しあっていなかった。私たちはたがいに枝を差しのばしていたのではない。地下の根っこで愛しあっていたのだ。（同年九月二八日）

ルナールの少年期を不幸にしたのは、母親による虐待ではなく、父親と母親の不幸な関係でした。愛する父親が母親を軽蔑し、母親が父親を憎んでいることでした。本書の解説で引用した『日記』の記述をもう一度見てみます。

『にんじん』。だが、私にはすべてを書く勇気はなかった。私が語らなかったのはこんなことだ。ルピック氏はにんじんをルピック夫人のところへやり、離婚したいかと聞かせたのだ。そして、ルピック夫人の反応。なんとひどい修羅場になったことか！（一九〇六年一二月一〇日）

つまり、『にんじん』において、ルナールは自分の少年期を不幸にした本当の原因を直視し、その実態を抉《えぐ》りだす勇気がなかったのです。これは一個の人間精神にとって、自分の肉体にみずからメスを入れる生体手術の苦痛を伴うような仕事になったことでしょう。

しかし、作家としてのルナールは、『にんじん』で回避したこの問題がつねに、抜けなかった棘《とげ》のように心の奥で鈍い痛みを発するのを忘れませんでした。それゆえ、ときどき間歇的に、父親と母親の不幸な関係を、ふと思いだしたかのように『日記』に書きつけたのです。

しかも、ルナールの父親と母親の不幸で残酷な関係は、父親が死ぬまで変わりませんでした。次の記述は、父親が自殺するひと月前のものです。

このふたりの人間の関係はいったいどうなっているのだろうか？　些事は無数にあるが、じつは何もない。父は母を嫌悪し、軽蔑している。とりわけ軽蔑しているが、母をすこし恐れているのだとも思う。／母のほうはそんなことを知らないにちがいない。母はこうしたあらゆる侮辱と、父の頑なな沈黙を怨んでいる。だが、父がひと言でも声をかければ、母はどっと涙を流して父の首に飛びつくだろう。そしてすぐに、村じゅうに夫の言葉を触れまわりに行くだろう。だが、その

ひと言を、父はもう三〇年も口にしていない。(一八九七年五月一四日)

とはいえ、作家としてのルナールは、愛する父親の真実を書きたいという気持ちを捨てることができませんでした。これはもはや作家の業というべきでしょう。父親の死の四年後、ルナールは『にんじん』の続編を構想します。

にんじんの全人生を書くこと。だが、とり繕うことなしに。ありのままの剝きだしの真実。それはむしろルピック氏の本になるだろう。そこにすべてを入れること。ああ! 父があの可愛いが不潔な小娘のことで色々告白したとき、私はどんなに困惑したことか!/ときどき、私は自分が父の息子ではないと思いたくなる。そうだったら、どんなに愉快だろう。自分が父の息子であるとはけっして口にしないこと。まったく露骨な冷笑的な態度ですべてを語ること。[……] 私はこの本をひとりの男として語る。/『ルピック夫人はみずみずしかった。私は彼女と寝るが、愛してはいない。だが、快楽はある』/私はこう書きながら、心が安らぐのを感じる。(一九〇一年二月一八日)

最後の部分にとくに驚かされます。

この小説の構想は、最初は『にんじん』で書き残したにんじんの人生を語るというものでした。しかし、すぐに題材の中心はにんじんの父親に移り、さらには父親の人生を、客観的に、息子としての私情を排して語るという目論みに変わっています。ところが、最後には、ルナール自身が父親になり代わった「私」として、ルピック氏とルピック夫人の関係を書いているのです。ルピック氏になり、ルピック氏として『にんじん』を書きなおすことに心の安らぎを感じるというのは、そうするほか、自分の父親の途方もなく深い孤独を理解し、父親の魂を鎮めることはできないと感じていたからでしょう。しかし、結局、この小説が書かれることはありませんでした。

以上の事実は、完成された『にんじん』という小説とは関係のないことかもしれません。ルナールが赤裸々な『日記』という記録を残さなければ、永遠に闇のなかに埋もれてしまったことでしょう。しかし、私は書かれなかったにんじんと父親の物語もまた、小説『にんじん』に劣らず興味深いものだと考えます。そこで、「訳者あとがき」の場を借りて、この『にんじん』の舞台裏を記しておこうと思ったしだいです。

今回の翻訳でも、今野哲男さん、小都一郎さん、駒井稔さんに大変お世話になりました。また、フランス語原文の不明箇所について、学習院大学フランス語圏文化学科の同僚、ティエリ・マレ教授にご教示を受けました。ここに記して深く感謝致します。

本文中、主人公にんじんが、両親からのいじめに遭っている自らの心情を吐露して「誰もがみなし子になれるってわけじゃないんだ」とつぶやく場面があります。また、語り手がにんじんを描写するに際し、身体的特徴を揶揄した表現も用いられています。これらは、通常使用すべきでない不適切な呼称ですが、物語が成立した一八九四年という時代背景および古典作品としての歴史的・文学的意味を尊重して、原文に忠実に翻訳していることをご理解ください。

編集部

kobunsha classics
光文社古典新訳文庫

にんじん

著者 ルナール
訳者 中条《ちゅうじょう》 省平《しょうへい》

2017年4月20日　初版第1刷発行

発行者 田邉浩司
印刷 萩原印刷
製本 ナショナル製本

発行所 株式会社光文社
〒112-8011東京都文京区音羽1-16-6
電話 03（5395）8162（編集部）
03（5395）8116（書籍販売部）
03（5395）8125（業務部）
www.kobunsha.com

ISBN978-4-334-75351-1 Printed in Japan

いま、息をしている言葉で、もういちど古典を

長い年月をかけて世界中で読み継がれてきたのが古典です。奥の深い味わいある作品ばかりがそろっており、この「古典の森」に分け入ることは人生のもっとも大きな喜びであることに異論のある人はいないはずです。しかしながら、こんなに豊饒で魅力に満ちた古典を、なぜわたしたちはこれほどまで疎んじてきたのでしょうか。

ひとつには古臭い教養主義からの逃走だったのかもしれません。真面目に文学や思想を論じることは、ある種の権威化であるという思いから、その呪縛から逃れるために、教養そのものを否定しすぎてしまったのではないでしょうか。

いま、時代は大きな転換期を迎えています。まれに見るスピードで歴史が動いていくのを多くの人々が実感していると思います。

こんな時わたしたちを支え、導いてくれるものが古典なのです。「いま、息をしている言葉で」——光文社の古典新訳文庫は、さまよえる現代人の心の奥底まで届くような言葉で、古典を現代に蘇らせることを意図して創刊されました。気取らず、自由に、心の赴くままに、気軽に手に取って楽しめる古典作品を、新訳という光のもとに読者に届けていくこと。それがこの文庫の使命だとわたしたちは考えています。

このシリーズについてのご意見、ご感想、ご要望をハガキ、手紙、メール等で翻訳編集部までお寄せください。今後の企画の参考にさせていただきます。
メール　info@kotensinyaku.jp

光文社古典新訳文庫　好評既刊

狭き門

ジッド
中条 省平
中条 志穂 訳

美しい従姉アリサに心惹かれるジェローム。相思相愛であることは周りも認めていたが、当のアリサは煮え切らない。ノーベル賞作家ジッドの美しく悲痛なラヴ・ストーリーを新訳で。

肉体の悪魔

ラディゲ
中条 省平 訳

パリの学校に通う十五歳の「僕」と十九歳の美しい人妻マルト。二人は年齢の差を超えて愛し合うが、マルトの妊娠が判明したことから、二人の愛は破滅の道を…。

恐るべき子供たち

コクトー
中条 省平
中条 志穂 訳

十四歳のポールは、姉エリザベートと「ふたりだけの部屋」に住んでいる。ポールが憧れるダルジュロスとそっくりの少女アガートが登場し、子供たちの夢幻的な暮らしが始まる。

ポールとヴィルジニー

ベルナルダン・ド・サン＝ピエール
鈴木 雅生 訳

あのナポレオンも愛読した19世紀フランスの大ベストセラー！ インド洋に浮かぶ絶海の孤島で心優しく育った幼なじみの悲恋を描き、フランス人が熱狂した「純愛物語」！

アドルフ

コンスタン
中村 佳子 訳

青年アドルフは伯爵の愛人エレノールに言い寄り彼女の心を勝ち取る。だが、エレノールが次第に重荷となり…。男女の葛藤を心理描写のみで描いたフランス恋愛小説の最高峰！

光文社古典新訳文庫　好評既刊

クレーヴの奥方
ラファイエット夫人
永田千奈 訳

恋を知らぬまま人妻となったクレーヴ夫人は、舞踏会で出会った輝くばかりの貴公子に心をときめかすのだが……。あえて貞淑であり続けようとした女性心理を描き出す。

ひとさらい
シュペルヴィエル
永田千奈 訳

貧しい親に捨てられたり放置された子供たちをさらい自らの「家族」を築くビグア大佐。だが、とある少女を新たに迎えて以来、彼の「親心」は、それとは別の感情とせめぎ合うようになり……。

海に住む少女
シュペルヴィエル
永田千奈 訳

大海原に浮かんでは消える、不思議な町の少女の秘密を描く表題作。ほかに「ノアの箱舟」、イエス誕生に立ち合った牛を描く「飼葉桶を囲む牛とロバ」など、ユニークな短編集。

女の一生
モーパッサン
永田千奈 訳

男爵家の一人娘に生まれ何不自由なく育ったジャンヌ。彼女にとって夢が次々と実現していくのが人生であるはずだったのだが……。過酷な現実を生きる女性をリアルに描いた傑作。

脂肪の塊／ロンドリ姉妹
モーパッサン傑作選
モーパッサン
太田浩一 訳

人間のもつ醜いエゴイズム、好色さを描いた「脂肪の塊」と、イタリア旅行で出会った娘との思い出を綴った「ロンドリ姉妹」。ほか初期作品から選んだ中・短篇集第1弾。（全10篇）

kobunsha classics